Achim Parterre
Tschüss zäme!

Achim Parterre

Tschüss zäme!

Ein Dorfkrimi

Cosmos Verlag

Alle Rechte vorbehalten
© 2013 by Cosmos Verlag, CH-3074 Muri bei Bern
Lektorat: Roland Schärer
Umschlag: Stephan Bundi, Boll
Satz und Druck: Schlaefli & Maurer AG, Interlaken
Einband: Schumacher AG, Schmitten
ISBN 978-3-305-00446-1

www.cosmosverlag.ch

Samstag, 10. Februar

1. Kapitel

Ramseier ist tot und Marie-Claire nimmt einem
Grossrat persönlich den Kittel ab

Im Strassegrabe isch er gläge, der Ramseier. Si Stumpe zwüsche de Zäng wi der letscht Biiss vomne gschossene Hirsch. Ke Kapitale, der Ramseier, ehnder en Achtänder. I sim Schädu es grosses Loch. Der Ramseier isch tot gsi. Aber i si Stumpe het er sech verbisse bis zletscht.

Gfunge het ne der Bärnhard. Het ne gseh lige u isch zue nem, het ne uf e Rügge drääit u isch erchlüpft. Läck du mir, der Ramseier, het er gseit.

Er isch losgsecklet, i ds Restaurant *Les Amis* ine u het e Härdöpfeler bsteut. D Marie-Claire, d Wirtin, über achtzgi isch si gsi, aber nie ohni Lippestift, isch hinger em Buffet gstange u het e Select groukt. Wo ihre der Dorfpolizischt einisch gseit het, me heig itz es kantonals Rouchverbot i de Beize, das gäuti o für ds *Les Amis*, het si gseit, si heig scho zwöi Päckli groukt, won är no i de Windle sig gsi, u dadermit isch das Thema erlediget gsi.

Der Bärnhard het der Schnaps i eim Zug gläärt, ds Glas uf e Tisch gsteut u gseit: No eine, bis so guet.

Was isch mit dir los, Bärnhard? Du zitterisch ja.

Steu der vor, Marie-Claire, i ha der Ramseier gfunge. Grad vori. Im Strassegrabe Richtig Chonufinge. Dä isch tot, Marie-Claire, fertig. U im Gring het er es Loch so gross wi ne Härdöpfu. Was meinsch, wi das derthä-re isch cho, das Loch? Weisch, was i gloube, Marie-Claire? Der Ramseier isch ermordet worde. Umbracht. Das gloub ig.

D Marie-Claire het mit de Schultere zuckt u gseit:

So geits eim äbe. S het so müesse cho. Der Ramseier isch säuber tschuld. Het das usegforderet. Voilà.

Si het e nöji Select aazündet.

U itz lüte mer ar Tschuggerei aa. Bevor d Madli am Ramseier d Ouge vo inne här uffrässe.

We d itz d Polizei lasch la cho, gits es Riisetheater, Marie-Claire! U mindeschtens eine vo üsem Dorf wird der Thorbärg vo inne gseh. Da chasch Gift druf näh. Es wär doch viu gschider, me würd ne i ds Outo lade u ne im Räbloch nöime versänke. Dört fingt ne ke Mönsch. U vermisse tuet der Ramseier niemer.

Hör uuf, Bärnhard. Mit somne Seich mache mer üs nume d Finger dräckig. Du weisch genau, dass mer aui tschuld si a däm. O du. Wär dass schlussamänd am Ramseier dä Stei uf e Gring gschlage het, spiut itz ke Roue meh. Öpper hets eifach müesse mache. U drum wird gschwige. Da cha d Tschuggerei no so frage. Die cha üs nüt. Gar nüt cha üs die. U itz lüt aa!

D Tür isch ufggange u der Grossrat Monbaron isch inecho. D Marie-Claire het em der Chittu abgno u i d Garderobe ghänkt. Är het e Pastis bsteut u nes Päckli *Haselnüsse geschält* ufta. Wi jede Samschtig.

Donnerstag, 8. Februar

2. Kapitel

*Von der Seegfrörni und wie Bärnhard
im Amtsblatt fündig wird*

Voilà, dis Crème, Bärnhard, het d Marie-Claire gseit.

Der Bärnhard isch im *Les Amis* am Runde ghocket u het ds Amtsblatt vo Gäziwil gläse.

Suechsch e Steu? het d Marie-Claire gfragt u sech hinger em Buffet e Select aazündet.

Chumm, hör uuf, Marie-Claire, du weisch haargenau, dass i sit vier Jahr nüt angers mache.

Dr Bärnhard het umebletteret. D Marie-Claire isch hingerem Buffet fürecho. Ihri rot gfärbte Haar si früecher mau blond gsi. Oder bruun. Für ihri Gescht macht si sech no hütt jede Tag zwäg, mit zwöienachtzgi. Si het afa chli der Zitteri u der Lippestift isch mängisch näb de Lippe, aber dasch e Frou vo Klass, das hesch vo Witem gseh. E Chünigin isch die mau gsi u het sech zu de guete Wirtezite e goudigi Nase verdient. Seit me. Louft jede Morge d Stägen ab mit gradem Rügge u bschliesst d Beizetür uuf, früsch tupierti Haar u nes Jupe bis knapp zu de Chnöi. Uf ihri Bei isch si gäng stouz gsi u grad d Chnöi chöi sech no hütt la gseh, het d Marie-Claire zu sich säuber gseit, we si sech im Spiegu aa-gluegt het.

Im Egge hinger, unger der Vitrine vo de Sunntigs-schütze, isch der Ramseier ghocket, alei am Tisch, het es Chübeli gläärt u gseit, im einevierzgi heigs e See-gfrörni ggä, das chönn me sech hütt nümm vorsteue. Si sige aus Giele am Morge früe z Bieu loszoge, vierzäni gsi sige si denn, bis uf Ligerz gloffe, zäh Kilometer häre u zäh wider zrügg. Z Fuess. Schi oder Schlööf heigs denn no nid ggä. Der ganz See zue, Dechu druff. U när speter no einisch e Seegfrörni, im dreiesächzgi, da sigs scho im Septämber chaut worde u im Jänner heige si druf chönne. Aui heige itz Schlööf gha. Är heig denn jede Donschtig Turne ggä ir Gwärbschueu u sig de aube mit sine Metzgerlehrlinge ir Bucht ga Hockey spile u eine vo dene sig de sogar no gross usecho, der Kölliker Köbi, dä heig zäh Jahr speter im Iishockeyclub Bieu Nati A gspiut. Aber da sig der Bärnhard äuä no nid uf der Wäut gsi.

Nei, het der Bärnhard gseit, är sig ersch im sibezgi cho.

Äbe, u när het der Houdeschiud, der Jung vom Schriiner Houdeschiud, dr VW Chäfer vo sim Vatter gno, der Vatter het natürlech vo nüt gwüsst, u gseit, är fahri itz uf d Petersinsle. Aber der See isch äbe nume bis Tüscherz zuegfrore gsi u när isch dä Tubu mit em Chä-fer uf e See use u im Iis iibroche u im Chare inn ver-soffe. Dasch tragisch gsi u der Chäfer het me o nümm chönne rette. Aber denn si so Sache no öppe passiert, meh weder hütt. Denn het jedi Familie e Vatter oder e Brüetsch oder zmingscht en Unggle oder Götti gha, wo jung isch um ds Läbe cho. Entwäder bi so Lölizüüg oder bim Schaffe. Isch haut viu glaueret worde u meh gsoffe weder hütt u Vorschrifte hets o no keni ggä. Am Gmür sim Père isch ja denn uf der Bousteu es Sänkblei uf e Gring gheit. Obe zum Schädu ii u unge zum Haus wider uus. Heume het me denn no nid gha uf der Bousteu. Bringsch mer no nes Chübeli, Marie-Claire. U am Bauz si Brüetsch het uf emne Hafturloub der Gring i d Brönnhouzfreesi gha. Wo der Bauz derzue cho isch, het er vor Chlupf mit em Bieli ds Kabu abenang ghoue, statt der Schauter z drücke.

Chumm, hör uuf mit däm Seich, het d Marie-Claire gseit, u si wüss scho, werum ihn niemer am Runde wöu. Gäng serigi Gschichte verzeue, da verleidi eim ja ds Suufe.

Bring mer e Balon Schafiser, Marie-Claire, het der Bärnhard gseit. I gloube, i ha ne Steu gfunge.

3. Kapitel

Schärer erteilt einen wichtigen Auftrag

Bouverwautig Gäziwil, Schärer am Apparat, grüessech.
E Boum ligt uf em Waudlehrpfad? Ja, da wei mer luege,
was me cha mache. Nenei, rücke sofort zwe Maa uus,
ke Angscht. Itz müesst der haut umchehre, we der
nümm witerchömet. Der Hung isch scho witer? Übere
Boum ggumpet? Aber dir wüsst, dass dir öie Hung uf
em Waudlehrpfad ar Line müesst ha? Aber scho sicher.
Nei, dasch nüt Nöis, das steit sit em füfenüünzgi im
Gmeindsreglemänt. Jawoll. Der Räscht isch öies Pro-
blem. Adiö.

Liechti, Uftrag. Boum ga verfreese uf em Waudlehr-
pfad.
   Wiso ligt dä uf em Waudlehrpfad?
   Wohär söu ig das wüsse? Aber itz ligt er dert u mues
wägg. Stundelang gö si im Waud ga loufe, di Hündeler,
u we einisch e Boum uf em Wäg ligt, isch der Waud
plötzlech der Find. Stimmts, Liechti? Unbedingt het dä
Waudlehrpfad häre müesse, aus öb mir vom Bouamt nid
scho gnue z tüe hätte. U ne Hung het si o, die wo aaglü-
te het, u dä macht Problem.
   Was für Problem?
   Was weiss ig, Problem haut. Liechti, du nimmsch itz
der Bausiger vom Magazin u när göht dir dä Boum ga
versage.
   Hütt no? Es isch scho haubi füfi. U scho fasch
fiischter.

Natürlech hütt no, isch schliesslech der Waudlehrpfad. Steu der vor, we das d Iseschmid tät ghöre. Die het sech im Gmeindrat gäge aui Kollege düregsetzt u zwöihundertfüfzgtuusig für dä Wäg locker gmacht. E Viertumillion, Liechti. Auso, itz hör uuf z frage, gang eifach u bis so guet gib mer e Funk, we der fertig sit.

4. Kapitel

Herr Monbaron lässt sich eine Dauerwelle machen
und denkt an die nächsten Wahlen

Über d Ohre, Herr Monbaron?

Wi gäng, Herr Jean-Louis, wi gäng.

Bi den Ohre weit ders nid gäng gliich.

Dir wüsst scho, wie, Herr Jean-Louis, dir sit der Fachmaa. So, wi dirs z Paris glehrt heit. Bim Figaro, oder wo sit der gsi? Aber d Chruseli dasmau nid so äng wi letschtmau, Herr Jean-Louis. Mini Frou het gseit, i gsäch uus wi ne Pudu. Isch doch lächerlech so öppis. I cha doch nid i Grossrat u när si plötzlech mini Haar ganz angersch. Dänkt doch jede, aha, der Monbaron isch bim Coiffeur gsi. Der Monbaron het Duurwäue. Isch doch lächerlech so öppis. Me mues im Kantons-parlamänt e Linie verträtte, verstöht der, Herr Jean-Louis, gäng öppe ds Gliiche säge, mir wei d Wähler u Wählerinne nid verwirre. Oder dänket a mini Fraktions-kollege. I cha doch nid plötzlech mit ere ganz angere Frisur aatanze. De heissts doch sofort, dä Monbaron het sech itz veränderet, dä Monbaron isch ganz en angere worde, dä Monbaron kennsch nümm, dä isch eifach nümm der Gliich. U sofort bisch aus Politiker nümm gloubwürdig. Bisch e Wändehaus, wi me seit. Isch doch lächerlech so öppis, aber so isch es – c'est la politique. Dir wüsst, was i meine, sit ja z Paris gsi. Drum, Herr Jean-Louis, minere politische Gloubwürdigkeit zlieb d Chruseli nid z äng. Chli locker. So wi der Grossrat Mon-baron derhärchunnt. Locker. Léger. Liberal. Ou dir,

Herr Jean-Louis, das wär doch no ne guete Wahlslogan für mi. Locker. Léger. Liberal. Nächschte Herbscht si ja scho wider Wahle. Chöit nech scho afe überlege, wi dir mi für ds Wahlplakat weit frisiere.

Für ds Wahlplakat? Wi gäng, Herr Monbaron?

Natürlech wi gäng! Isch doch lächerlech so öppis. Wi gäng, aber gliich chli angersch. Es Detail. Es Nüanceli, verstöht der, Herr Jean-Louis? Wahle si nid au Tag. Dänket nech öppis uus, dir sit der Fachmaa. Dir heit z Paris glehrt. Nid ig. U ne haube Tag bruuchts, dass das öppis wird, Herr Jean-Louis. I zeuen uf öich.

Gärn, Herr Monbaron.

5. Kapitel

Bärnhard träumt von Argentinien

Marie-Claire, i ha gloub tatsächlech e Steu gfunge. Chunnt itz dä Schafiser?

Hör uuf, Bärnhard. Das hesch scho mängisch gseit u klappet hets no nie.

D Marie-Claire het der Wiisswii uf e Tisch gsteut u gfragt, öb si grad chönn iikassiere, u der Bärnhard het ere ds Amtsblatt zeigt:

Grosse Selbständigkeit, hoher Verdienst. Werden Sie unser Weinverkäufer. Kostenloser Einführungskurs.

Weisch wie, Marie-Claire, Wii verchoufe. Säubständig. Aus i di eigeti Kasse. U chasch gäng deguschtiere, muesch sogar! Das wär doch öppis für mi.

Wii verchoufe. Du chasch ja knapp der Rot vom Wiisse ungerscheide. Vergiss das, Bärnhard.

Es git en Iifüerigskurs, Marie-Claire. U das isch de nid dä Fusu, wos hie git. Das si de angeri Kaliber. Südafrika, Ouschtralie, Argentinie. U ds *Les Amis* chönnt i de mit Wii belifere. Wärsch mini erschti Chundin.

Hör uuf liire, Bärnhard. Im *Les Amis* suuft niemer so nobus Züüg. Stimmts, Ramseier?

Der Ramseier het gseit, är heig eine kennt, dä heig der Wii gäng mit em Zeigfinger ufta. Heig eifach der Zapfe i d Fläsche inedrückt. U won er einisch der Finger nümm usebracht heig, heig er mit em Hammer uf e Fläschehaus gschlage u d Schärbe sig dür e Zeigfinger düre u der Finger ab.

Hör doch uuf, Ramseier, het der Bärnhard gseit. I

han e Steu gfunge und uf das sötte mer aastosse. Marie-Claire, bring grad e Haube u drü Gleser.

Voilà, pröschtli zäme, het d Marie-Claire gseit, das miech de füfezwänzg.

Der Ramseier het ds Glas glüpft, uf e Bärnhard, us i eim Zug gläärt u gseit, im Eriz heige si amne Wiiverträtter im Ochse einisch der Gring so lang i nes Grosses drückt, bis dä im Bier inn versoffe sig. Wii heig men im Eriz no nie gno, heig der Wirt gseit, u das blib o so. Wo gschaffet wärd, wärd gäng no Bier gsoffe.

6. Kapitel

Frau Iseschmid sorgt sich um den Waldlehrpfad
und um sich selbst

Bouverwautig Gäziwil, Schärer am Apparat. Grüessech, Frou Iseschmid. Ja, i has ghört. Ja, e Spaziergängere het üs aaglüte. Zwe Maa vo üs si grad ungerwägs, eigentlech sött dä Stamm scho versaget u verruumt si. No nid? Dasch nid guet. Uftrag isch erteilt. Meh chan i im Momänt nid mache. I weiss, dass üsi Gmeind viu Gäud driigsteckt het i dä Waudlehrpfad, Frou Iseschmid. Aber d Bouverwautig het haut o no angeri Ufgabe, gäuet. Nei, dasch nid so gmeint. Ja, säubverständlech näme mer das ärnscht. Natürlech, i wirde sofort derfür sorge. Ganz klar. Das darf nid uf öji Chöschte ga. Nei, so geit das nid, Frou Iseschmid, bi ganz öier Meinig. Wahle nächschte Herbscht. Aues klar, Frou Gmeindrätin. I wirde mi persönlech drum kümmere. Jawoll. Chefsach. Sofort.

Der Schärer het ds Funkgrät us em Schaft gno u Liechti, bitte kommen, Ende! driigrüeft.

Hie Liechti, was isch los, Schärer, Ende.

Wo bisch du, Liechti? D Iseschmid het mer aaglüte. Die het scho Bscheid gwüsst wäg däm Boum uf em Waudlehrpfad, Ende.

Wäge däm bruuchsch mer doch nid z funke, i bi ja grad im Büro näbedrann, Ende.

Was, im Büro näbedrann? Taminomau, Liechti, du söttsch im Waud si, was machsch du no da? Ende.

Mir hei ke Benzin meh im Magazin, drum hei mer entschide, dä Stamm de morn ga z versage. Usserdäm isch scho füfi, ire Haubstung isch Firabe. Aber wiso funkisch du mir, chumm doch eifach übere, Ende.

Gopferteli, Liechti, hie säge gäng no ig, wis louft, u du geisch itz mit em Bausiger i d Landi ga Bänzin hole u när Abmarsch i Waud. Dä Boum wird hütt no versaget, jawoll, süsch hei mer es riise Theater mit der Iseschmid, Ende.

Der Liechti isch i däm Momänt zur Tür inecho, ds Funkgrät ir Hang u het am Schärer gseit, de göng er haut, aber bis si vor Ort sige, sigs dunku u är übernähm de d Verantwortig nid.

Das sig ihm gliich, het der Schärer gseit, är übernähm di Verantwortig scho u är wöu itz nüt meh ghöre, u we si fertig sige, söu er em e Funk gä, u we si scho grad dert sige, söue si bis so guet no grad d Robidogseckli uf em Wäg zämeläse.

17

7. Kapitel

*Jean-Louis empfiehlt Mahagony und erteilt
eine volksetymologische Lektion*

Wi wärs mit ere Tönig, Herr Monbaron? Ganz e fiini, chliini, liechti Tönig? E Reflex nume, es Verstercherli vo öiere natürleche Haarfarb.

D Haar färbe? Dasch doch lächerlech so öppis. Steuet nech vor, was me im Grossrat würd säge, Herr Jean-Louis.

Säubverständlech nid färbe, Herr Monbaron, nume töne. En unschiinbare Stich i ds Mahagony. Das gseht niemer. Aber öies Haar würd e chli chreftiger würke. Hätt meh Glanz. Das miech nech jünger.

Ja guet, auso, dir sit der Fachmaa. Dir heit z Paris glehrt. Aber ke Fasnacht, Herr Jean-Louis. Diskret. Absolut diskret. I vertroue nech. Dir weit ja nid tschuld si, wen i nümm widergwäut würd. Uf das warte di Geier vor Partei ja nume: dass si mer irgendöppis i d Schue chöi schiebe, dass si e Grund hei, mi nümm ufzsteue im Herbscht. Wüsst der, Herr Jean-Louis, es git Lüt, die wette mi furt ha. Furt, verstöht der? I sött Platz mache für di Iseschmid, für ne Gmeindrätin mit emne hundsmiserable Leischtigsuswiis. U werum? Wiu si e Frou isch. Dasch doch lächerlech so öppis. Üsi Partei heig es Manneproblem, het d Fraktionskollegin Singise-Büenzli chürzlech gseit. Es bruuchi meh Froue zum gloubwürdig blibe, das sig hütt ein Muss für ne fortschrittlechi Partei. U autdieneti Grossrät win ig söue Platz für die mache. Steuet nech das vor – der Grossrat

18

Monbaron söu si Platz ruume für d Frou Iseschmid. Nume über mini Liiche, Herr Jean-Louis!

Der Jean-Louis het ds Rasiermässer unger em Chini vom Grossrat Monbaron aagsetzt u isch bim Wort *Liiche* zämezuckt.

Säubverständlech, Herr Grossrat.

Är het der Monbaron im Spiegu aagluegt u dänkt, das sig ja wou numen e Redensart. Der Monbaron het im Spiegu ds Rasiermässer gseh u dänkt, e Liiche sig me schnäuer aus eim lieb sig.

Ein Muss für ne fortschrittlechi Partei, Herr Jean-Louis, bitte sehr, mues me hütt jedi Mode mitmache? U si mir Liberale überhoupt fortschrittlech? Oder si mer ehnder konservativ imene positive Sinn? Bewahre, was es zu bewahren gilt. Zum Bispiu mi, hahahaha! Scherz beiseite. Dasch doch nid normau, dass sogar üsi Partei – u dir sit doch mit mer iiverstange, Herr Jean-Louis – dass sogar üsi Partei itz serigi Quotefroue mues uf d Liischte tue. E fertigi Hüüchlerei isch doch das. U für was? Einzig und alei zum Terrain mache bi de Wähler, genau, Terrain mache. Söue doch di Lingge Froue bringe. Aber nid mir Liberale! Dasch doch lächerlech so öppis! Mir hei gnue gueti Manne, stimmts, Herr Jean-Louis? Wo stöht dir eigentlech politisch?

Der Jean-Louis isch itz mit sire Klinge näb em rächten Ohr vom Monbaron gsi u het dänkt, so nes Ohr wär äuä schnäu wägg.

I bi ganz en unpolitische Mönsch, Herr Monbaron, ga nid ga wähle u säute ga abstimme, u wen ig i ne Partei müesst, i wüsst nid, i weli. Ganz unpolitisch, leider. Darf i der Schnouz la stah, Herr Monbaron?

Was söu di Frag, Herr Jean-Louis? Löt mer mi Schnouz i Rue! Süsch meine mini Kollege, i wöu uffaue u uf ne derewäg biuigi Art uf mi ufmerksam mache. Dasch doch lächerlech so öppis. Der Monbaron gits nid ohni Schnouz. Isch das klar, Herr Jean-Louis!

Der Jean-Louis het gmeint, was ihm ganz guet würd stah, wär es Foulard. Das würd sis markante Chini betone u miech si Haus chli schlanker, nume optisch natürlech. Aber vo serige Sache het der Monbaron nüt wöue wüsse.

I ha ne Grawatten ann u das längt.

Öb är gwüsst heig, dass Grawatte vo Kroatie chömi u dass me z Frankriich gseit heigi *à la croate*, wenn öpper e Grawatten ann heig gha, u dass d Schwizer, wo der Napoleon mit sine Truppen iimarschiert sig, das Wort überno u us *Croate* Grawatte gmacht heige?

Wi meinet der das? het der Monbaron gfragt.

Win is säge. Han i z Paris glehrt. Ir Usbiudig.

Aha, het der Monbaron gseit u het dänkt, är heig äuä scho langsam politischi Paranoia. Nume wiu si Coiffeur ihm erkläri, dass Grawatte vo Kroatie chömi, heissi das no lang nid, dass är ihn politisch i Frag steui. Wahrschiinlech sig das eifach, wiu är äbe Coiffeur sig u ihm so Sache wichtig sige. Chleider, Schue, Haustüecher, das ganze Züüg. U är het dänkt, das sig doch lächerlech so öppis.

8. Kapitel

Ramseier wittert ein Geschäft und
Marie-Claire sagt, was gut ist

Är söu bis so guet mit sine Gschichte ufhöre, het d Marie-Claire zum Ramseier gseit u sech e Select aazündet. Der Bärnhard söu itz mau i di Witerbiudig u när luege mer. Muesch ja nid grad i ds Eriz mit dine Müschterli. Chönntsch ja zum Bispiu zersch chli im Seeland umefahre.

Umefahre, mit was wott dä umefahre? het der Ramseier gseit. Mit em Zügli uf Täuffele? U im Rucksack zwo Fläsche Wii? Da bruuchsch es Outo für so öppis. Am beschte ne Vierlivier, dass d überau härechunnsch. Jura, Seeland, Oberland, Ämmitau. Aber du chasch ja nid mau outofahre.

Klar chan i outofahre. Darf nume nid. Ha der Schegg wägg für di nächschte zwöi Jahr.

Chönntsch du ne ja mitnäh, Ramseier, het d Marie-Claire gseit. Du chönntsch doch schofförle, hesch ja no di aut Justy. U de chönntet der zäme uf Tour ga. De chiemsch du o wider mau chli wägg vo hie, das tät dir o guet. Chli unger d Lüt. Statt gäng nume hie z hocke u dumm z schnure.

Hör uuf, Marie-Claire. I ga itz äuä mit em Ramseier uf Verträtertour. Dä der ganz Tag näb mer, i würd ja düredrääje. Usserdäm isch der Ramseier scho über achtzgi. Dä gseht doch nid mau meh d Mittulinie. I ga mit mim Töffli. Im Schopf steit no nen Aahänger, dert bring i mindeschtens sächs Gascho drii.

Bring mer afe no nes Chübeli, Marie-Claire, het der Ramseier gseit. So schlächt isch di Idee gar nid. Chli mit em Bärnhard umefahre, es paar Chischte Wii im Outo. De wüsst i ömu, dass er nüt Dümmers macht. U zwänzg Prozänt vom Gwinn für mi.

Mit dir fahr i gar niene häre, het der Bärnhard gseit.

Plus d Heufti vo de Fahrchöschte.

Vergiss es, Ramseier. Chan i schnäu dis Telefon bruuche, Marie-Claire ? I mues es itz grad wüsse. Steu der vor, we die mi würklech wei. Das wär doch oben-use, ds Gäud mit Wii z verdiene. Der Bärnhard wider e Job! Steu der vor. Wär doch guet, oder?

Guet isch e Crèmeschnitte. Hie isch ds Telefon.

9. Kapitel

Wie dem Chef des Bauamts die Kappe
gewaschen wird

Schärer, bitte kommen, Schärer, bitte kommen, Ende.

Hie Schärer, was isch los, Liechti, Ende.

Notfau, Schärer. Der Bausiger vom Magazin het sech i ds Bei gsaget, Ende.

Heilandsack, dir sit scho zwe Armlüüchter. We das uschunnt, gits es uhuere Theater, Liechti, Ende.

Mir gö itz zrügg i ds Magazin, Ende.

Usgrächnet uf em Waudlehrpfad. Weisch, wi d Iseschmid tuet, we si das ghört, Ende.

Ja, sorry, Chef, Ende.

Cha de der Bausiger no loufe? Ende.

Ja, är chönn no loufe, seit er. Het sech grad e Krücke baschtlet us emne Ascht, Ende.

De söu er ab zum Dokter u du, Liechti, geisch mit em. U när chunnsch sofort zu mir i ds Büro, Ende.

Der Schärer het ds Telefon gno u d Nummere vor Iseschmid gwäut.

Hie Schärer, exgüsee für d Störig, Frou Iseschmid. Mir hei es Problem. Dä Boum uf em Waudlehrpfad. Mi Mitarbeiter, der Herr Bausiger, het sech vori i ds Bei gsaget u isch itz bim Dokter.

Gopfridstudebecknonemau! Chöit dir de nid ufpasse? En Unfau uf em Waudlehrpfad! Dasch ds Letschte, wo mer chöi bruuche, Herr Schärer. Steuet nech vor, was das für mi bedütet. I cha mir das schlichtewägg nid leischte! Das Jahr si Wahle, das wüsst dir haargenau,

Herr Schärer, Wahle. U usgrächnet itz en Unfau uf em umstrittene Waudlehrpfad. Das chönnt mi Chopf choschte, Herr Schärer. Mi Chopf!

Itz beruhiget nech doch, Frou Iseschmid. Da chan i doch nüt derfür. Das versteit doch d Bevöukerig, so öppis. Das cha jedem passiere. Das het doch mit em Waudlehrpfad nüt z tüe.

Het mit em Waudlehrpfad nüt z tüe, Herr Schärer, dir heit ke Ahnig, wi der Wähler funktioniert. Der Wähler, verstöht der! Dä wartet numen uf so nes Malheur. We das uschunnt, dass e Boum uf e Waudlehrpfad gheit isch, bin i abgsaget, verstöht der, Herr Schärer. Wägg vom Fänschter. Der Grossratssitz chan i o vergässe u von ere witere politische Karriere gar nid z rede. Weit dir das verantworte, Herr Schärer? Weit dir das?

Ums Gottswiue, Frou Gmeindrätin, da chan i doch nüt derfür.

Und ob der öppis derfür chöit, Herr Schärer. Dir heit offebar der Ungerhaut vom beschtfrequentierte, höchschtsubventionierte Waudwäg vo ganz Gäziwil vernachlässiget. Ergo: Gefährdung von Leib und Leben. Dir sorget derfür, dass niemer erfahrt, was hütt passiert isch. I öiem eigete Inträsse. U wen i säge, nie- mer, de meini, niemer. Isch das klar, Herr Schärer?

Aues klar, Frou Iseschmid. Uf mi chöit der zeue.

U dä Boum, Herr Schärer, wird hütt znacht no ver- ruumt. Hütt znacht.

Das wird aber nid ganz eifach, Frou Iseschmid.

Eifach isch es Brötli striiche. Sit dir für das aagsteut, zum Brötli striiche?

Nei, Frou Gmeindrätin.

Auso de. Guet Nacht, Herr Schärer. Morn morge früe gan i mit der Shakira ga loufe u de wott i vo dere ganze Souerei nüt meh gseh. Nüt meh, Herr Schärer. Kes Eschtli. Kes Tröpfli. Kes Spürli.

Jawoll, Frou Iseschmid. Wird erlediget. Guet Nacht, Frou Iseschmid.

10. Kapitel

Monbaron regt sich auf und Jean-Louis
verletzt das Berufsgeheimnis

Eh voilà, Monsieur, het der Jean-Louis gseit u am Monbaron ds Hübli vom Chopf gno, wi ne Füfstärnchäuner, wo bim Serviere d Glosche lüpft. Der Monbaron het sech im Spiegu aagluegt, linggs u rächts d Schläfe prüeft, gnickt u gseit: Cha me so mache, mou. Momou. Aber gäuet, Herr Jean-Louis, widergwäut bin i wäge däm no nid. Da bruuchts scho no chli meh aus e Tönig uf em Chopf. Chli öppis, wo nid nume mir nützt, sondern ar Konkurränz schadt, verstöht der? Es chliises Gschichtli, e Fauxpas, es Skandäli, wo me der Iseschmid chönnt aahänke. D Iseschmid hets nämlech uf mi Sitz abgseh. U we dere nid no nes politischs Missgschick passiert, isch si vo üsere Partei so guet wi ufgsteut für di nächschte Grossratswahle. U der Monbaron abgsaget. Adiö, merci, mir hei itz öppis Bessers. Dasch doch lächerlech so öppis. Stimmts?

Wo dir rächt heit, heit dir rächt, Herr Monbaron.

Papperlapapp, Herr Jean-Louis. Häufet mer gschider uf di Liischte. D Iseschmid lat sech doch ihri Chruseli o vo öich mache? Wenn het die eigentlech der nächscht Termin bi öich?

Dasch leider Bruefsgheimnis, Herr Monbaron. I darf doch nid eifach d Termine vo mine Chundinne bekannt gä.

So, itz aber, Herr Jean-Louis. Weit der mer häufe oder nid? Sit der e Liberale oder nid?

Dir wüsst, dass i e ganz und gar unpolitische Mönsch bi, Herr Monbaron.

Dir aus Ungernämer, Herr Jean-Louis. Dir weit doch o nid vo no meh unnötige Gsetz schigganiert wärde, oder?

Säubverständlech nid, Herr Monbaron, reget nech doch nid so uuf!

U Stüüre weit dir lieber o nid meh zale aus unbedingt nötig, stimmts?

Natürlech, Herr Monbaron.

Äbe! De säget mer doch nid, dir siget en unpolitische Mönsch! Dasch doch lächerlech so öppis! Auso: Wenn het d Iseschmid der nächscht Termin bi öich?

Hütt aabe. Am sächsi.

Geit ja. De tüet ere mau chli uf e Zang füele. Mau lose, wos drückt. D Schwachsteu usefinge. Dört cha me aagriife. Öji Chundinne verzeuen öich ja sicher viu. U morn chum i verbii, de chöit der mir rapportiere. Isch das en abgmachti Sach, Herr Jean-Louis?

Ja, we dir meinet?

27

11. Kapitel

Bärnhard erinnert sich an seine Zeit als Kiffer

Är chönn sech ga vorsteue, het der Bärnhard gseit. Steu der vor, Marie-Claire, i mi ga vorsteue! Die heige genau uf so eine wi ihn gwartet. Jung u gsung u wo chönn aapacke, ke Lauericheib, sondern eine mit Fiduz, eine mit Spöiz im Füdle, versteisch! U dä Lade ghöri am Rächtsaawaut Iseschmid, we das nid Zuefau sig. Betribi näb sire Kanzlei no ne Wiihandu. Dasch doch e clevere Siech, dä! Weiss genau, wie. Cha der Wii, won er säuber suuft, sogar no vo de Stüüre abzie.

Öb das nid der Maa vor Gmeindrätin Iseschmid sig, het d Marie-Claire gfragt.

Haargenau, het der Bärnhard gseit. Schade tüegs sicher nid, we men us em gliiche Dorf chöm, u d Frou Iseschmid wärdi dänk ihrem Maa säge, steu eine vom Dorf aa, de han i im Herbscht e Wähler meh.

U dini Zite aus Kiffer? Ihre Maa isch doch denn no Jugendrichter gsi? Hesch das scho vergässe?

Iu – het mi denn einisch zu vierzäh Tag gmeinnütziger Arbeit verurteilt. Wäg emne Chnübi Shit ir Täsche, dä Souhung.

Am Iseschmid heig är einisch der Haus ufgschnitte, het der Ramseier gseit, wo im *Les Amis* wi gäng im Egge vom Eggbank isch ghocket. Mit em Tranchiermässer. Zagg, e subere Schnitt dür d Luftröhre. Ligi dä plötzlech vor ihm uf em Trottoir. Morgen am achti, är uf em Wäg zum Schaffe, heig grad wöue d Metzgerei uftue, da chöm der Iseschmid umen Egge. Gheit dä mir nüt dir nüt um, schuumet us em Muu, verdrääit d Ouge, schlat mit de Bei u den Arme um sech u lat es uhuere Theater ab am Bode. I ha dänkt, dä überchöm ke Luft meh, bi i Laden ine gsecklet, es Tranchiermässer ghout, u zagg, e subere Luftröhreschnitt.

Chumm, verzeu ke Seich, Ramseier, het der Bärnhard gseit.

Ke Seich. Isch genau so passiert. Im Spitau hei si mer gseit, gschnitte sig guet gsi. Aber es wär nid nötig gsi, der Herr Dokter Iseschmid heig drum Epilepsie u das sig nume so nen epileptische Aafau gsi. Hätt mer di Souerei chönne spare. U meinsch, der Iseschmid heig merci gseit? Oder gfragt, öb er mer chönn di verblüetete Chleider zale? Won i ne im Spitau bi ga bsueche, het er mer sogar droht, är wöu mi wäge Körperverletzig verchlage. Het er aber de nid gmacht. So si si, di Herre Rächtsaawäut. Wei gäng rächt ha. Kes Merci, nüt, das heig är nie verstange, het der Ramseier gseit.

Morn morge göng är sech bim Iseschmid ga vorsteue, het der Bärnhard gseit, u wen er d Steu überchöm, heig er am Namittag scho di erscht Schuelig bim Iseschmid daheime.

Was? Bim Iseschmid säuber? het d Marie-Claire gfragt.

I sir Stube, het der Bärnhard gseit. Der Iseschmid heigs drum gärn unkompliziert.

29

12. Kapitel

Liechti arbeitet im Dunkeln und macht
einen wichtigen Fund

Tschou, Chef, är wär de wider da, het der Liechti gseit, won er i vouer Houzfäuermontur bim Schärer i ds Büro ine isch cho.

Wis am Bausiger göng, het der Schärer wöue wüsse.

Es göng, het der Liechti gseit. Ds Bei sig no drann. Der Dokter heig ne i ds Spitau gschickt. Müess es paar Tag dert blibe.

Fertige Tubu, dä Bausiger. Wo het äch dä ds Sage glehrt?

Bi üs, Schärer. Dä het doch bi üs d Lehr gmacht.

Dasch ja itz gliich, du muesch dä Boum *hütt* no ga versage.

Es sig aber scho dunku, het der Liechti gseit.

Sorry, Liechti, aber d Iseschmid heig em d Chuttle putzt, het der Schärer gseit, potzheilanddonner. U we dä Boum morn morge nid verruumt sig, sig die imstand, ihm z chünde. Är chönn de derfür di doppleten Über-stunde ufschribe. Auso, Liechti, Abmarsch. U är söu der Funk nid vergässe. Är säuber tüeg derwile im Depot d Stelig haute. U häb Sorg, taminomau! Nid no einisch en Unfau!

Schärer, bitte kommen, Schärer, bitte kommen, Ende.

Hie Schärer, was isch scho wider, Liechti, Ende.

Schärer, steu der vor: Grad, won i wott aafa mit Sage, ligt da öppis Bruuns am Bode. Won i nööcher häreluege, gsehn i e mordsdonnersgrosse Hundehuufe. Ende.

U wäge däm funkisch du mir, Liechti? Ende.

So ne grosse Huufe macht nid irgend e Hung. So ne Huufe macht numen e grosse Hung, zum Bispiu e düt-schi Dogge, Ende.

Heilandstärne, Liechti, hesch du eine glade? Itz ver-sag dä Boum u chumm zrügg i ds Depot, u zwar subito! Ende.

Är söu mau überlege, het der Liechti gseit. Wär het i üsem Dorf e Dogge? Numen öpper: d Frou Gmeind-rätin Iseschmid!

Itz isch am Schärer ds Zwänzgi abe.

Läck du mir, Liechti. Du meinsch, d Shakira het uf e Waudlehrpfad …

Genau, Schärer. Uf e Waudlehrpfad. Der Hung vor Frou Iseschmid. Si het doch no eigehändig im Amtsblatt la publiziere, dass Hundehauter büesst wärde, we si d Hundehüüfe nid zämeläse.

Är söu dä Huufe sichersteue, het der Schärer gseit.

Was är mit *sichersteue* meini, het der Liechti fragt.

Eifach sichersteue, het der Schärer gseit, dokumen-tiere u sichersteue. Föteli mache mit em Natel, der Huufe iipacke u i ds Depot bringe. Är heig irgendwie ds Gfüeu, dä Huufe chönnt ihne no nützlech si.

Är heig kes Seckli bi sech, het der Liechti gseit.

Aber zersch versagisch no der Boum, Liechti! Ende.

13. Kapitel

*Wie Jean-Louis Frau Iseschmid eine Geschichte
aus dem Kopf massiert*

Wösche, brösche, Frou Iseschmid?

Gärn, Herr Jean-Louis, wi gäng. U dir machet aues
säuber, gäuet, Herr Jean-Louis. Letschtmau heig ihre di
Linda d Haar gwäsche. E furchtbare Grobian sig das, di
Linda. S isch eifach öppis angers, we dirs persönlech
machet, Herr Jean-Louis.

Der Jean-Louis het ar Frou Iseschmid mit emne
sichere Griff i d Haar glängt u gseit, es C u nes haubs T,
Sandra, u d Sandra het em zwöi Fläschli Shampoo ggä.

U süsch, wi geits eso, Frou Iseschmid?

Merci, Herr Jean-Louis, es geit. Mir hei ja nes wahn-
sinnigs Glück mit üsem Sohn und üsere Schwigertoch-
ter. Dasch es Gschänk so öppis.

Der Jean-Louis het gseit, der Apfel fällt nicht weit
vom Stamm, u nes göng haut nüt über ne gueti Chin-
derstube und öb ihre Sohn, der Lukas, nid Jurischt sig.

Ganz genau. Schlöng ganz am Vatter nache, sig ja itz
bir Nestlé. Ganz e tolle Betrib. Aber sträng. Üh, dir, hets
dä sträng, säg i öich. I sire Abteilig hets nume Stehpult
u der Lukas cha der ganz Tag nie hocke. Sogar Sitzige
hei si im Stah. Isch das nid e Widerspruch, Herr Jean-
Louis? U ne eigete Arbeitsplatz heig er o nid, är stecki
eifach si Laptop dert ii, wo öppis frei sig, u Zeichnige
ufhänke vom Leo u vor Emily chönn är o nid. Ja, ihri
Grossching, das sig es Gschänk so öppis! Der Leo sig
ja itz ir erschte Klass u ganz en ufgweckte Bueb u fragi

eim di ganz Zit Löcher i Buuch, was das für ne Loki sig u wi das Tier heissi u öb das e Trax oder e Bagger sig und so witer. U di Chlini, d Emily, das sig es richtigs Ranggifüdle, me chönns nid angersch säge. Chönn sech nie stiu ha, u we de die mau i d Schueu chöm, de bhüetis. Di Lehrer sige de nid z beniide. Der Lukas heig scho gseit, si müess de haut das Ritalin näh, de chönn si sech besser konzentriere u besseri Note mache u me dörfis de Ching nid äxtra schwär mache, wes ja scho Tablette gäb derfür.

Öbs dörf e Tönig si, het der Jean-Louis gfragt.

Mou, het d Frou Iseschmid gseit, e chliini Tönig, werum nid.

Sandra, es 8a, sit so guet.

D Sandra het wöue frage, öb das nid ds Mahagoni vom Herr Monbaron sig, aber der Jean-Louis het gseit, genau das, merci, Sandra, u dir chönntet itz ar Frou Iseschmid es Express bringe, u das Mahagoni göng es Spürli meh i ds Rot, ganz minim, het er zur Frou Iseschmid gseit, aber si wärdi begeischteret si.

I lege mi ganz i öji Häng, het d Frou Iseschmid gseit u d Ouge zueta.

Der Jean-Louis het ar Frou Iseschmid der Chopf massiert, u wo si ganz entspannt isch gsi, het er gfragt, öbs am Maa guet göng.

Es göng, merci, het si gseit, u är wüss ja, wi das sig, we me es eigets Gschäft heig, ke Schläck sig das. Am Schlimmschte sig ja d Stüürbehörde. Ke Franke, wo me verdient, möge die eim gönne, ke Franke! We die so witermache, geit am Schluss niemer meh ga schaffe, wiu me für jede Franke, wo me verdient, vom Staat bestraft wird. Genau, bestraft. Derbii sötte die, wo so viu schaffe wi mir, vom Staat öppis übercho u nid bestraft wärde. Stimmts, Herr Jean-Louis? U chürzlech, jemmerstroscht, hei mer d Mehrwärtstüürkontroue im Huus gha. Furchtbari Lüt, i sägen öich! Nid emau d Schue abzoge heige die u chischtewiis Ordner mitgno u sogar am Maa si Computer. Aber item, das blibt unger üs, gäuet, Herr Jean-Louis.

Der Jean-Louis het witermassiert u d Frou Iseschmid het witerverzeut.

Es isch ja o nid eifach, mit dene beide Gschäft, wo mi Maa het, mit der Aawautskanzlei u mit em Wiihandu. Dass da nid immer jedes Füfi cha ufgschribe wärde, isch doch klar, me chiem ja vor luter Ufschribe nümm zum Schaffe, gäuet. Me het gar nid Zit für das. U de het er no vergässe, sini Aagsteute bir AHV aazmäude. U di Tüpflischiisser vo Stüüriitriber hei das natürlech gmerkt. I säge gäng: Wo gschaffet wird, gits Fähler, aber das geit dere Stüürbehörde u der AHV u au dene Beamte nid i Chopf. Ussuge wei die üs, nüt angers aus ussuge. Zum Glück han i vom Gemeindsschriber am Tag vorhär erfahre, dass d Stüürbehörde wott cho Kontroue mache. De het der Maa no grad ds Gröbschte chönne i d Ornig tue. Süsch hätte si ihn äuä o no grad mitgno, gäuet! Da isch me wider mau froh um das Gmeindratsmandat, dir wüsst, was i meine. Aber gäuet, Herr Jean-Louis, das blibt unger üs. U wi lang das Haarwäsche eigentlech no göng, si heig nid ewig Zit.

14. Kapitel

Ein Beweisstück wechselt den Besitzer

Chumm, Marie-Claire, das fiire mer itz.

Hesch ja di Steu no gar nid, Bärnhard.

D Marie-Claire het e haube Rioja bracht u drü Gleser u chli Wurscht ufgschnitte.

Pröschtli zäme. Uf e Bärnhard.

Uf üse Wiihändler, het der Ramseier gseit. U bring mer no nes Chübeli, Marie-Claire.

Der Bärnhard het e Schluck Rioja gno u grüüschvou ds Muu gspüelet, abegschlückt u gseit: Fruchtig, weni Süüri, viu Körper. Ir Nase dunkli Beeri. Mutschgetnuss, es Spürli Läder u am Goume e Huuch Nägeli u Gaggo. Längen Abgang mit Röschtnote. Han i bestange?

Der Ramseier het sis Chübeli glääert u gseit, we der Bärnhard ds Gfüeu heig, är müess itz so afa schnure, sig är im *Les Amis* de im fautsche Fium. So chouf em hie garantiert niemer öppis ab.

Chumm, hör itz uuf, der Bärnhard aazfiele, het d Marie-Claire gseit. Dä macht das scho guet. Het itz ömu sehr professionell tönt, Bärnhard. I bi beiidruckt.

Stimmt ja aues gar nid, han i nume erfunge.

Dasch doch gliich! Du muesch doch nüt vo Wii verstah zum Wii verchoufe. Muesch eifach chönne schnure, eifach chli di Sätzli druffe ha. Auso i würd dir grad es Gascho abchoufe.

Bisch haut e Schatz, Marie-Claire. Aber zersch mues i dä Job übercho, versteisch. Bi äuä nid der Einzig, wo sech beworbe het.

Chönnt me da nid irgendwie nachehäufe? I meine, das wär doch e Chance, Bärnhard. Wär doch schad, we der dä Job en angere würd wäggschnappe.

I kennti da scho Methödeli, het der Ramseier gseit. Mini Metzgermässer han i no. U der Schliifstei o.

Hör doch uuf mit däm Seich, Ramseier. Du häbsch di schön stiu, bis der Bärnhard dä Job het, u när chunnsch de du i ds Spiu. Aus Schofför.

Dä Iseschmid het ganz sicher irgendwo Dräck am Stäcke, het der Bärnhard gseit. Das schmöck i doch vo Witem. We me wüsst, wo dä nid suber isch, chönnt me ne dert päckle.

Wi meinsch das itz?

Weisch so: Herr Dokter Iseschmid, dir wettet doch nid, dass das d Öffentlechkeit erfahrt. Versteisch? Herr Dokter Iseschmid, das wär de nes gfundnigs Frässe für d Press, so uf die Tour.

Du wosch ne erpresse? Bisch wahnsinnig?

Erpresse isch itz grad chli viu gseit. I meine meh, mir chönnte ne la gspüre, dass mir öppis wüsse, won är lieber nid möcht, dass es no angeri wüsse, versteisch, u när hunggets de scho. De seit de dä Iseschmid plötzlech: Öich würd i natürlech gärn aasteue, Bärnhard, dir sit mir scho gäng aus flotte, ufgschlossene Maa im Dorf ufgfaue. U derzue würd er mit eim Oug blinzle, was tät heisse: I nime di, we d uf d Schnure hocksch u di Gschicht unger üs blibt.

Du bisch eifach e naive Galööri, Bärnhard.

Weli Gschicht? het der Ramseier gfragt

Das wüsse mer äbe säuber no nid, aber das liess sech la usefinge. Müesst me haut chli recherchiere.

Jä auso, i weiss nid, het d Marie-Claire gseit. Dasch doch nid suber.

Si het Rioja nachegschänkt, der Ramseier het no nes Chübeli bsteut, da isch d Tür ufgange.

Salü, Schärer, e Stange?

Merci, Marie-Claire, bi no im Dienscht. Es Kafi Crème, bis so guet. U är isch a Rund ghocket.

Um die Zit no im Dienscht, Schärer? het der Bärnhard gfragt.

Der Liechti isch no uf em Waudlehrpfad. Mues e Boum versage, wo uf em Wäg ligt. Dringende Uftrag vor der Frou Gmeindrätin Iseschmid.

Voilà. Zucker steit uf em Tisch.

Merci, Marie-Claire. U was fingt der Detektiv Liechti uf em Waudlehrpfad? E Hundehuufe, u zwar eine vor gröbere Sorte. Un ig sofort gschaute – s git nume ei Hümpu, wo serigi Hüüfe macht.

D Dogge vor Iseschmid, het der Ramseier vom Eggbänkli hingerfüre grüeft.

Jawoll, Ramseier, du seisch es.

Usgrächnet d Iseschmid, het d Marie-Claire gseit. Wenn het men äch die ds letschte Mau im *Les Amis* gseh? Hautet sech für öppis Bessers. U itz das. Souerei.

U itz? het der Bärnhard gfragt.

Ke Ahnig. Hei ömu dä Huufe mau gfötelet u mitgno. Sicher isch sicher.

Du, Schärer, het itz der Bärnhard gseit. Meinsch über das sichergsteute Materiau chönnt me diskutiere?

Wi meinsch itz?

Marie-Claire, bring am Schärer es Glas Schafiser, bis so guet. Lue, Schärer, es geit um ne Job, won i wett bim Iseschmid. U nes chliises Druckmittu ir Hang z ha wär ke Seich. Chli öppis zum Nachehäufe, versteisch. Was meinsch? Chönnt me da vilech zäme i ds Gschäft cho?

Schärer, bitte mäude! Schärer, bitte mäude! Ende.

Hie Schärer, was gits, Liechti? Ende.

Bi im Büro, Schärer. Boum isch versaget, Bousteu ufgruumt. Was söu i itz mit däm Huufe? Ende.

Bring ne grad i ds *Les Amis*, i bi hie bim Apéro. Der Bärnhard isch o hie, mir hei öppis z bespräche, Ende.

Was? Itze? I ds *Les Amis*? Mit em Huufe? Ende.

Gopferteli, Liechti, bisch du schwär vo Begriff? Han is gseit oder han is nid gseit? Ende.

Chume, Schärer. Aber när wott i de o mau Firabe, Ende.

Hesch ja Firabe, Liechti. Du stämpflisch itz uus u när näme mer zämen es Firabebier, Ende.

U der Bausiger? Ende.

Was isch mit däm? Ende.

Ligt im Spitau mit em aagsagete Bei. Wosch ne nid no schnäu ga bsueche? Ende.

Cha me de morn mache. Du housch de ir Landi es Blüemli u schribsch es Chärtli u de cha di ganz Bouverwautig ungerschribe. I bringes am Bausiger de verbii. U vergiss der Kassezedu nid, Ende.

Füf Minute speter isch der Liechti im *Les Amis* gstange.

So, zeig itz das Corpus Delicti, Liechti!

Corpus Delicti, hör doch uuf, so höchgstoche z schwafle, Schärer, het der Ramseier gseit. Das isch eifach e Hundegagu u fertig.

Der Liechti het si Chappe uf e Tisch gleit.

Sogar der Ramseier isch a Rund cho.

Iidrücklech, het er gseit.

Wiso hesch de dä i d Chappe gleit? het der Bärnhard gfragt.

Ha nüt angers bi mer gha.

Stinkt wi ne Moore, het d Marie-Claire gseit. Chumm, gib mer ne afe hinger ds Buffet. Tue ne de a d Chüeli.

Nüt isch! het der Schärer gseit. Das isch de gäng no üse. Auso, Bärnhard, was zausch?

Was wosch derfür?

Ja, säge mer e Tuusiger.

Bisch bisse?

Für was wosch de du eigentlech e Hundehuufe choufe? het der Liechti gfragt.

Säge mers eso, Liechti, het der Schärer gseit, es geit um ne Job. U dasch e lengerfrischtigi Inveschtition. Es geit um sini Zuekunft. Gäu, Bärnhard. U was si da tuusig Fränkli? Das Gäud hesch mit em erschte Monatslohn wider dinn, überleg mau! Du muesch chli über dini Nase uus dänke. Mit däm Bewiisstück hesch Iseschmids im Sack. We ds Dorf weiss, dass d Frou Iseschmid der Huufe vo ihrem eigete Hung uf em Waudlehrpfad nid zämelist, cha si d Grossratswahle im Herbscht vergässe.

Meinsch würklech? U wes nid funktioniert? het der Bärnhard gseit. We die mi numen uslachet, wen i se mit däm wott erpresse?

Haut, haut, Bärnhard, vo erpresse redt da niemer. Ig würd däm ehnder säge: en Iiladig zur Zämenarbeit.

Iiladig zur Zämenarbeit, het d Marie-Claire gseit. Du bisch o no guet im Schönrede, Schärer. U we si nid mitmacht? Überchunnt de der Bärnhard sis Gäud wider ume?

I ha mit däm nüt meh z tüe. Bar gäge War u när bin i us em Schniider.

Aber eigentlech han *ig* doch dä Huufe gfunge, Schärer? het der Liechti gseit.

Klar. Aber währet der Arbeitszit, Liechti. U de ghört er am Bouamt. U der Chef vom Bouamt isch der Schärer u dä übergit di Exkremänt zwäcks Entsorgig ar Privatperson Schärer Franz. Voilà, fertig Schnätz! Auso, Bärnhard, was isch itz?

Säg mer eifach, wohär dass i tuusig Stei söu näh.

Das isch nid mis Problem, Bärnhard. *Du* wosch dä Job.

I chönnt ders ja de zale, wes mit dere Steu klappet het. Cha ders de grad vom erschte Lohn gä.

Vergiss es, Bärnhard. Bar auf die Kralle. Hütt no. U we d nid intressiert bisch, bruuchi dä Huufe säuber. Ha nämlech o no e Rächnig offe mit der Iseschmid.

D Marie-Claire het hinger em Buffet d Kasse ufta u füfhundert Franke usegno.

Hie isch afe en Aazalig, Schärer. Füf Note. Der Räscht zaut der de der Bärnhard, wes klappet het.

Dasch immerhin en Aafang, het der Schärer gseit u ds Gäud i Hosesack gno.

U ds Foto, Schärer, wei mer de o no derzue, für das Gäud.

Liechti, schick am Bärnhard ds Föteli.

D Marie-Claire het der Huufe vo Iseschmids Dogge

i nes Tupperware ta u i Chüeuschrank gsteut u sech hin-
ger em Buffet e Select aazündet.

Tuusig Stei für ne Hundegagu, het der Ramseier
gseit. Öich spinnts ja!

15. Kapitel

Jean-Louis ist gut informiert und
Monbaron geht zum Bancomat

Herr Monbaron, hie Jean-Louis. I ha Nöjikeite für öich. Stichwort Iseschmid. Nei, chan i nid am Telefon säge. Jawoll, hochbrisant! We der Zit heit, wärs am beschte, dir chiemtet grad schnäu verbii. Wunderbar. Bis nächär. Adiö, Herr Monbaron.

E haub Stung speter isch der Grossrat Monbaron im Coiffeursalon gstange.

Wi gseit: Hochbrisanti Informatione. U nid gratis.

Nid gratis? Was faut öich eigentlech ii, Herr Jean-Louis? Dir machet nech strafbar so, isch öich das klar? Dasch doch lächerlech so öppis!

Es geit um Stüürhingerziehig. Um Schwarzarbeit. Um Verschleierig vo Tatbeständ gägenüber de Stüür-behörde. Usserdäm um Insiderwüsse. Dicki Poscht. D Frou Iseschmid het ihre Maa vor der Stüürbehörde gwarnt, wiu si vom Gmeindschriber gwüsst het, dass die im Aamarsch si.

Das isch ja ungloublech, Herr Jean-Louis! Das het nech aues d Iseschmid verzeut?

Aues.

I mues jedes Detail wüsse. Itz und sofort!

Tuusig Stei. Itz und sofort.

Dir sit doch … Stärnesiech, i ha doch nid tuusig Franke bi mer!

Näbedrann hets e Bancomat.

Unghüürlech isch das. Unghüürlech!

Ganz wi dir weit, Herr Monbaron. I cha di Sach o für mi bhaute.

Auso de. I chume grad wider. Aber jedes Detail, Herr Jean-Louis, jedes Detail wott i wüsse, isch das klar! Tuusig Franke. Dasch doch lächerlech so öppis!

Der Jean-Louis het di zäh Note i Sack gno u am Monbaron aues verzeut, won er ghört het.

D Iseschmid isch gliferet, we das uschunnt. U ihre Maa o. Würdet dir das unger Eid widerhole, Herr Jean-Louis?

Nie im Läbe. Herr u Frou Iseschmid ghöre zu mine beschte Chunde. Mit dere Sach han i nüt z tüe. Absolut nüt. Adiö, Herr Monbaron.

Freitag, 9. Februar

16. Kapitel

Wie Bärnhard pokert und Iseschmid wütend wird

Shakira, mach Platz! Mach Platz, han i gseit. So isch brav. Ja, so isch brav, Shakira. Brave Hung. Bravs Hundeli. Jajajajaja. Da isch es Gudeli. Lue, da isch es Gudeli.

Di dütschi Dogge vo Iseschmids het ds Gudeli gfrässe u isch abgläge. Ir Stube vo Iseschmids isch der Dokter Iseschmid uf sim Fauteuil ghocket, der Bärnhard vis-à-vis uf em Sofa u zwüschen ihne beide d Shakira, wo zwüschdüre eis Oug ufta u der Bärnhard aagluegt het.

Das fröi ihn, dass der Bärnhard sech bi ihm gmäudet heig, u si heige ja vor mängem Jahr scho mau mitenang z tüe gha, chli imene unaagnähmere Zämehang denn, är wüss ja, was är meini, aber das sig Schnee vo geschter u der Bärnhard sig erwachse worde u ihn würds fröie, we si mitenang i ds Gschäft chieme, u öb är eigentlech ghürate sig?

Nei, für das heig er bis itz no ke Zit gha u Ching heig er o keni, wöu är o nid, das chönn är nid verantworte, i ne serigi Wäut Ching z steue, u är sig unabhängig u gniessi das u me bruuchi de o weniger Gäud zum Läbe, u das säg er itz grad ehrlech, är läbi sit paarne Jahr vom Soziauamt, aber es schlächts Gwüsse heig er wäge däm nid, schliesslech heig er mängs Jahr Stüüre zaut, u nid

45

wenig, won är aus Dachdecker no aaständig verdient heig. E schöne Zapfe heig er denn gha, bim Irmiger, vierehaub Mille heig er Änds Monet uf em Konto gha u gäng Büez u gäng e gueti Stimmig uf der Bousteu, gäng luschtig heige sis gha, gäng es Firabebier zäme gno u am Fritig sigs aube chli speter worde, u wen em denn dä Unfau nid passiert wär, wär er hütt no uf em Dach, das sig eifach huere Päch gsi. U d IV zali nüt, wiu si nid gloubi, dass är duurend Rüggeweh heig, die sägi, är söu haut Teilzit schaffe. Aber uf e Bou chönn är nümm mit däm Rügge. Gschofförlet hätt er no gärn, aber im Momänt heig er grad der Schegg wägg, auso schon es Zitli, da wöu er grad ehrlech si, aber wäge däm Job sig das im Fau kes Problem, är heig e Schofför, der Ramseier, dä wo gäng im *Les Amis* im Egge hocki, är wüss sicher, wele.

Aha, der Ramseier. E Wiihändler mit Schofför. Aber dä müesst der de säubverständlech us em eigete Sack entschädige, gäuet, Bärnhard.

Kes Problem, Herr Iseschmid. Der Ramseier bruuchi nüt, dä sig pensioniert u miech das gärn, u wis de mit em Lohn so usgsäch. Wi gseit, vierehaub Mille heig er bim Irmiger gha, grad sövu müessts nid unbedingt vo Aafang aa si, aber wider mau en aaständige Zautag, da hätt er scho nüt dergäge, u mit Wii heig er zimlech Erfahrig. Sig früecher mit em Grossvatter gäng mit, wen er mit em Ford Taunus bir SBB uf der Rampi vom Güeterschuppe di grosse Kanischter mit Rioja sig ga hole. De heige si daheime ir Garage der Wii i d Fläsche abgfüut, är heig aube am Schlüüchli dörfe suge, bis der Wii sig cho, u heig derbii natürlech gäng e Schluck abbercho. U ds Verzapfe, das heig er am liebschte gmacht, mit der Zapfmaschine di füechte Zäpfe inejäte u am Schluss d Etiggette ufchläbe, die heig ds Grosi säuber zeichnet, u när heige si zäme aagstosse, u ne Rioja würd är us hundert Wiine usekenne.

Das wär ja scho mau en Aafang, het der Iseschmid gseit. U mit em Lohn sigs äbe so, dass me hie uf Provision tüeg schaffe. Vo jedem Gascho, won är chönn verchoufe, überchöm er 30 Prozänt, das sig meh aus i dere Branche gängig sig. Vo däm här sigs no schwirig z säge, was är wärdi verdiene, das chöm ganz uf sini Leischtig aa, u gäg obe sigs uf au Fäu offe. Wenn er viu verchoufi, chönn er o viu verdiene, das sig ds Tolle i der Branche, wen eine guet schaffi, chönn er o guet verdiene, sehr guet sogar, wi gseit, gäg oben offe u mit e chli Erfahrig u Stammchunde chönn är ohni Problem ds Dopplete vo däm verdiene, won er uf em Dach heig übercho.

Mit 30 Prozänt müess er aber mängs Gascho verchoufe, für uf ne grüene Zweig z cho, het der Bärnhard gseit. 40 Prozänt würde mer scho besser gfaue. Plus Fahrspese.

Ruhig, Shakira! Da hesch no nes Gudeli. Jajaja, brave Hung. Bärnhard, i gloube nid, dass das öppis wird eso. Was är sech vorsteui, öb är ds Gfüeu heig, aus Ungernämer chönn är goudigi Eier lege, u wär dass ds Risiko tragi, das unternehmerische Risiko? U gäuet, Bärnhard, dir sit nid der Einzig, wo sech um di Steu bewirbt. We dir mit 30 nid zfride sit, isch das Gspräch beändet. Es git mänge angere, wo dankbar wär für so nes Aagebot.

Der Bärnhard het es Tupperware us der Täsche gno us uf ds Salontischli gsteut. 40 Prozänt plus Fahrspese oder i ga mit däm da hie zum Blettli. Der Bärnhard het der Dechu vom Tupperware abgno u gseit, das heig me geschter uf em Waudlehrpfad gfunge.

Steuet nech vor, Herr Iseschmid, d Chefin vor Bouverwautig lat ihri Dogge uf em Waudlehrpfad ihres Gschäft la verrichte u lat der Huufe eifach lige. Usgrächnet uf em Waudlehrpfad! Soublöd gsäch doch das uus, e Gmeindrätin, wo gäge ds Gsetz verstossi. U ersch no uf ihrem Vorzeigeprojekt. Das chunnt de gar nid guet aa so öppis. So öpper chunnt äuä nid uf d Liischte für d Grossratswahle. Gäu, Shakira, jajaja, brave Hung.

D Shakira het a ihrem Huufe gschnüfflet u der Iseschmid het mit der Hang uf e Salontisch brätschet u gseit, e verdammti Frächheit sig das, öb är, der Bärnhard, eigentlech ds Gfüeu heig, är chönn mit sonere lächerleche Gschicht di politischi Karriere vo sire Frou verhindere.

Vo öich, Bärnhard, hätt i öppis angers erwartet!

Ig o vo öich, Herr Iseschmid. Chli meh Verständnis. Chli Kooperation. Steuet nech vor, für ds Tagblatt wär doch das es gfundnigs Frässe. 40 Prozänt plus Fahrspese u der Huufe vor Shakira ghört mitsamt em Foto öich. Gäu, Shakira, jajaja, brave Hung.

17. Kapitel

Bärnhard arbeitet mit dem Schneeballsystem
und ein Dealer will nicht dealen

No a däm Tag si der Ramseier u der Bärnhard im rote Justy losgfahre. Hinger inn e Schachtle vou Proschpäkte un es paar Gascho Wii vom Iseschmid. Erschti Station Burgdorf.

Wiso eigentlech Burgdorf? het der Ramseier gfragt.

Da wohni en aute Schueukolleg vo ihm, het der Bärnhard gseit, der Pesche, u das sig eine, wo nid chönn nei säge, da sig ds erschte Gascho so guet wi wägg. U das wär scho mau en Aafang u vilech kenni der Pesche o öpper, wo nid chönn nei säge, u so göng das gäng witer, me sägi däm Schneebausyschtem.

Si si z Burgdorf i d Oberstadt iigfahre, hei der Justy la stah, si zu Pesches Huus gloffe u der Bärnhard het glütet.

Öb dä Pesche wüss, dass si chömi, het der Ramseier gfragt.

Mit em Pesche chönn me nid abmache, het der Bärnhard gseit, wiu er sech sowiso nie a Abmachige hauti, u dä heig weder en Uhr no nen Agenda, aber um die Zit sig dä gäng daheime. Sit er ne kenni, heig dä no nie e Job gha u vor em füfi göng är nie zum Huus uus.

Vo was läbt de dä, wen er ke Job het?

Gäng chli mischle, choufe u verchoufe haut. Aber im chliine Stiiu.

Auso Droge?

Was heisst scho Droge. Muesch das nid so äng gseh,

Ramseier, mir handle schliesslech o mit Droge. U der Pesche het gäng Bargäud im Huus, vo däm här isch är en ideale Chund.

D Tür isch ufggange, der Pesche isch i de Trainerhose dagstange, e Sigi ir Hang, ungstrählet, bluttfuess u verpennt. Wi ne Gugger nach emne Waudbrand, het der Ramseier dänkt.

Tamisiech, der Bärnhard! Machsch de du da?

Business, Pesche, Business. Chöi mer inecho?

U wär isch dä Grossvättu?

Dä Grossvättu isch scho Urgrossvatter. I bi der Ramseier, hoi.

Auso, de chömet haut ine. I gloubes nid, der Bärnhard. Bisch abbrönnt oder was wosch?

Der Pesche isch voruusglüffe u het mit sine Füess der Wäg freigruumt. E Schachtle wägggstüpft, es paar lääri Bierbüchse uf d Site gschobe, u di zwe im Einerreieli hingernache. Z dritt si si de näbenang uf ds Sofa ghocket u der Bärnhard het e Proschpäkt füregno.

I ha ne Job, Pesche, u du chönntsch öppis verdiene derbii, was meinsch?

Du e Job? Tönt scho mau fuu.

Chumm, hör uuf. U won i uf em Dach bi gsi? Isch das öppe ke Job gsi?

Scho guet, i meine ja nume. Isch scho lang här. Was machsch de itz?

Der Bärnhard het der Proschpäkt ufta u uf nes Föteli mit ere Fläsche zeigt:

Wii. Bombesichers Gschäft. Wii bruuchts immer, stimmts, Ramseier?

Der Ramseier het abgwunke:

Chumm zur Sach, Bärnhard.

Der Pesche isch hingeregläge u het sech e nöji Sigi aazündet.

Wii isch super, Pesche. Wii isch staatlech bewiuigte Stoff. Big Business. U du chönntsch mitmischle, Pesche.

Was mitmischle, het der Ramseier gseit. I ha gmeint, der Pesche söu dir es Gascho abchoufe.

Itz wart doch, Ramseier. Auso, Pesche, ds Gschäft geit so: I la dir es Zwöufergascho Rote da. Choschtet di unger Kollege e Lappe. Du vertiggisch zäh Fläsche uf der Gass, jedi Fläsche für ne Zäner u när hesch ds Gäud scho dinn. U di räschtleche zwo Fläsche suufsch säuber. So chunnsch du gratis zu dim Wii. Isch doch clever wi ne Moore! I zwo Wuche chum i wider, du nimmsch für hundert Stei ds nächschte Gascho, und so witer. Tönt doch guet, oder? U we d mau abbrönnt bisch, verchoufsch dini zwo Fläsche o no, de hesch e Zwänzgernote für di. Was meinsch? Isch doch wasserdicht, oder?

Tönt nach Zuehäuter u Nutte.

Weiss das der Iseschmid? het der Ramseier gfragt.

Was het eigentlech dä Grossvättu mit däm Ganze z tüe? Isch das di Bewährigshäufer, oder was?

I bi der Schofför, het der Ramseier gseit, u mis Outo steit im Parkverbot u entwäder gö mer itz, oder du zausch, Bärnhard, wen i e Zedu uf der Schibe ha.

Genau, het der Bärnhard gseit, du bisch der Schofför u nid der Wiiverchöifer, drum söusch itz schwige. Auso, Pesche, deal?

Was, deal! Hör doch uuf mit däm Fernsehänglisch-Schissdräck. U gar nüt deal, e fertige Witz isch das. Uf der Gass chouft mer niemer e Fläsche Rioja ab für zäh Stei, we d ne im Denner für füfifüfzg chasch ha. Da muesch der en angere sueche, Bärnhard. Meh so chli Upperclass, versteisch? Zum Bispiu der Rawyler da unge, dä het Gäud wi Höi u suuft gärn es Glas.

Der Bijoutier?

Genau dä. Höcklet jeden Aabe am füfi ir Surprisebar u suuft es Haubeli Wiisse. U de vom tüüre. Frag doch dä!

Ja, we de meinsch. U du bisch würklech nid interessiert? Eis Gascho, Pesche! Itz si mer äxtra wäge dir uf Burgdorf gfahre. Chasch mi itz nid im Seich la!

Sorry, Bärnhard.

De si mer ggange? het der Ramseier gfragt.

I däm Fau. Du, übrigens, Pesche, du hesch nid öppe zuefäuig e Lappe für mi? Bi grad extrem äng dinn. Würd der ne de Änds Monet umegä.

18. Kapitel

Marie-Claire muss viel Bier zapfen und
Schärer desinfiziert mit einem Villiger Kiel

Salü, Jean-Louis, scho Firabe? het d Marie-Claire gfragt. Ds *Les Amis* isch um die Zit no läär gsi. Der Jean-Louis der erscht Gascht.

Hütt wott sech wider mau ke Mönsch d Haar la schnide. Obwous einigi git, wos nötig hätte, einigi, Marie-Claire! Aber we ds Dorf nid wott.

E Ballon Wiisse?

Gärn. Oder bring mer e Zwöier, genau. Aber hütt wott niemer meh Gäud usgä für e Coiffeur. Schnide sech gägesitig d Haar u färbe säuber. Usgseh tuet das. Schlimm, schlimm!

D Marie-Claire het sech hinger em Buffet e Select aazündet u gseit: Hesch ghört wäg der Iseschmid?

E bösi Sach isch das, für das chönnt de der Herr Dokter Iseschmid i ds Gfängnis cho u si Frou o grad. Wäge Mitwüssertum, versteisch.

Itz hör aber uuf, Jean-Louis, wäge däm Hundehuufe chunnt emu niemer i Knascht.

Nenei, da geits nid um ne Hundehuufe, da geits um Stüürhingerziehig. Und Betrug. So Sache.

Jä so, de weisch du meh weder ig. Dä Zwöier geit de uf ds Huus. U itz verzeusch mer, was de weisch.

Aber das mues unger üs blibe, Marie-Claire, versprichsch mer das?

Gruss, het der Ramseier gseit, wo i däm Momänt mit em Bärnhard zämen isch inecho.

Lu da, d Wiihändler chöme, het d Maire-Claire gseit. Erfougriich gsi?

Fertige Seich isch das, het der Bärnhard gseit, i mues mit em Iseschmid rede. So louft das nid. Kes einzigs Gascho verchouft, nid ei Fläsche isch wägg. Dä Wii isch eifach z tüür, i kenne ke Chnoche, wo so tüüre Wii chouft. Vilech da der Coiffeur, dä het doch ds Portemonnaie gäng vou Füfzgernötli.

Bring mer es Chübeli, bis so guet, het der Ramseier gseit.

Mir es Crème, het der Bärnhard gseit, oder nei, bring mer lieber o grad es Chübeli. Oder es Grosses.

Öich beidne tät e Coiffeurbsuech o wider einisch guet, wen i das so darf säge, het der Jean-Louis gseit.

E Coupe Jean-Louis, het der Ramseier gseit, nei merci du. Das mach i mir sit zwänzg Jahr säuber un i wett nüt meh angers. I ha drum da Gschichte ghört über di Haarabschnider. I hätt uf dim Stueu meh Angscht aus bim Zahnarzt. Denn der Döbeli Franz, weiss nid, öb dä no öpper kennt het vo öich, isch dä zum Coiffeur, im zwöiefüfzgi isch das gsi, isch zum Coiffeur für z rasiere. Dä Coiffeur isch bekannt gsi für sini guet gwetzte Mässer u schiints heig er mit däm Döbeli Franz no ne Rächnig offe gha, wiu dä si Tochter zwar gschwängeret, aber nid ghürate heig. Item, uf au Fäu het dä däm Döbeli Franz e suberi Rasur gmacht, u dä het nüt gmerkt, rein gar nüt, het zaut, het no ne schöne Sunntig gwünscht u isch ggange. Ersch daheime, won er si Débardeur het wöuen abzie, hets em ds linggen Ohr füreklappt, wi wen es Scharnier drann wär gsi. Der Döbeli isch grad ab i d Schnitz. Si Frou het ne gfunge u

54

der Dokter Bluemer het de das Ohr wider aagnääit. Der Coiffeur isch verruumt worde, isch offebar nid ds erschte Mau gsi, dass er so öppis botte het. Isch ir Psychi glandet u dert gstorbe, aber vorhär het er no den angere Patiänte d Haar gschnitte, isch Aastautscoiffeur worde, steu der das mau vor. Dä het de aber numen unger Ufsicht dörfe schnide, gäu, aber gliich. Mi bringt uf au Fäu niemer i ne Coiffeurlade ine, niemer. O nid i dine, Jean-Louis!

Hör doch uuf mit däm Seich, Ramseier, het d Marie-Claire gseit. Der Jean-Louis söu itz verzeue, was er über di lusche Gschäft vom Dokter Iseschmid wüss, hie sig no ne Zwöier Wiisse, das sig guet für d Stimm, das öli, u klar, das blib unger ihne, si kenni ja enang, da müess är gar ke Angscht ha, im *Les Amis* sig me unger sich.

Der Ramseier het gseit, är nähm no nes Chübeli u der Bärnhard o, u d Marie-Claire het ihri Select zwüsche d Lippe gchlemmt u derzue Bier usegla u gseit, itz söu der Jean-Louis ändlech mit sire Gschicht aafa, da si der Schärer u der Liechti vom Bouamt inecho. Si si a Rund gsässe, der Schärer het zwöi Kafi fertig bsteut u gseit:

Dir chöit nech nid vorsteue, was der Liechti un ig itz der ganz Namittag gmacht hei. E Souerei sondergliiche isch das gsi, stimmts, Liechti? Aber das mues unger üs blibe, isch zimlech heikle Stoff, isch sozsägen e Sondermission gsi. Vor Chefin persönlech aagordnet.

D Marie-Claire het di beide Fertig uf e Tisch gsteut.

Merci, Marie-Claire. Chunnt auso üsi Chefin, d Iseschmid, zu mir u seit: Schärer, i ha da öppis, wo mer zäme müessen aaluege, aber vertroulech, höchscht vertroulech. Nid gheim, het si gseit, sondern vertroulech, verstöht der. Ihre sig scho mängisch ufgfaue, dass bir Ghüdersammusteu näb ihrem Huus jede Donschtig zwe 35-Liter-Seck stönge, u das sige keni Gebühreseck, sondern ganz gwöhnlechi, biuigi Ghüderseck. Si heig bi de Ghüdermanne nachegfragt u die heige gseit, das sig scho jahrelang eso, aber da machi me kes Wäse drum, nähm di Seck haut eifach mit, grad hie im Mehbesserequartier wöu me keni Lämpe, das heig ihre Vorgänger so aagordnet gha. Aber d Iseschmid het nid lugg gla, wiu genau i däm Strässli wohnt o der Monbaron, u me weiss ja, dass si scharf isch uf si Grossratssitz. We das am Monbaron sini Ghüderseck si, we der Herr Grossrat persönlech si Ghüder tät illegal entsorge, das wär natürlech e Bombe. De wäre di nächschte Wahle für d Iseschmid e Spaziergang – die chönnt am Monbaron si Sitz eifach gmüetlech erbe. U itz hei der Liechti un ig hütt Namittag dörfe Ghüderseck ungersueche. Sächs Ghüderseck het d Iseschmid i d Bude bracht, gsammlet i de letschte drei Wuche. Gstunke hets, heimatland, strüber aus imne Bschüttloch, stimmts, Liechti? No zwöi Fertig, Marie-Claire, bis so guet.

Mir auso i vertroulecher Mission mit Händsche u Stoubmaske, wo mer im Spind vom Bausiger gfunge hei, di Seck ufgschnitte, usgläärt u dürnüelet. Nei, das chasch der nid vorsteue. Das wünsch ig hie inn auso niemerem. E verdammti Souerei. U churz vor em Firabe isch de d Iseschmid cho luege. I ha de afa mau e Villiger Kiel aazündet. Zum Desinfiziere. Stimmts, Liechti?

Ja, und? het der Bärnhard gfragt.

Was und?

Und? Sis am Grossrat Monbaron sini Seck gsi? Heit der Bewiismateriau gfunge?

Sorry, Bärnhard, aber i has vori gloub dütlech gseit: höchschti Vertroulechkeitsstufe. Vor Chefin persönlech aagordnet. Chan i doch hie nid eifach ga umeverzeue, was die Ungersuechig ergä het.

Chumm, hör uuf, Schärer, het itz der Ramseier gseit. Zersch ziesch üs der Späck dür ds Muu u när hörsch plötzlech uuf. Vertroulechkeitsstufe blabla. Sis am Monbaron sini Seck gsi oder nid?

D Marie-Claire het ihri Select usdrückt, het sech mit beidne Häng uf ds Buffet gstützt u der Schärer fixiert. O der Jean-Louis het nüt meh gseit. So stiu ischs no säute gsi im *Les Amis*.

Ja! Es isch am Monbaron si Ghüder gsi! het der Liechti, wos itz eifach nümm usghaute het, useplatzt. Couverts u Briefe u Rächnige u überau isch Monbaron druff gstange.

Schwigsch äch, Liechti, stärnesiechnomau, bisch eigentlech bisse? Wosch Lämpe mit der Iseschmid? Das chönnt üs beid der Job choschte!

19. Kapitel

Monbaron will nicht ins Tessin und spielt gegen
Iseschmids ein Unentschieden

Iseschmid.

Hie Monbaron, grüessech. Sit dirs, Herr Dokter Ise-
schmid?

Am Apparat.

Sehr guet, sehr guet. Herr Dokter Iseschmid, mir
müesse rede.

So? Über was de?

Chan i nid am Telefon säge, Herr Dokter Iseschmid.
Chöi mir üs träffe?

Ha im Momänt ke Zit, liebe Herr Monbaron. Bi totau
usglaschtet mit Termine. Vilech nächscht Wuche
einisch. Um was geits überhoupt?

Wi gseit: nid am Telefon. Aber es isch dringend.
Stichwort Stüürbehörde.

Stüürbehörde? Ja, dasch öppis angers, Herr Monba-
ron. Chömet am beschte grad itz verbii. S isch sowiso
grad Zit für ne Pastis.

Ja, itz grad?

Ja natürlech. I füf Minute bi mir ir Stube. Oder säge
mer ire Viertustung. I mues zersch no schnäu Gassi ga
mit der Shakira.

E Viertustung speter het der Grossrat Monbaron bim
Rächtsaawaut Dokter Iseschmid glütet. Ir Stube inn
isch me abghocket, der Pastis isch uftischet worde u der
Iseschmid het der Monbaron aagluegt u gseit:

U de? Was hei mer?

Wo isch eigentlech öji Frou, Herr Iseschmid?

Ungerwägs für d Politik, werum? Das spiut doch itz ke Roue.

Jä so, ungerwägs für d Politik. Die isch öiere Frou scho no wichtig, d Politik, gäuet, Herr Iseschmid?

Ja ja, natürlech, sehr wichtig, sehr. Aber itz chömet zur Sach, Herr Monbaron.

Auso, wi söu i säge, beträffend öich u öiere Frou ... es isch natürlech numen es Grücht, absolut lächerlech so öppis, sicher isch nüt drann u gliich weiss me bi dene donners Grücht ja nie, öb nid vilech doch irgendöppis drann sig oder sogar meh aus numen öppis, uf jede Fau han i nume wöue sicher ga u vo öich ghöre, dass a däm Grücht nüt drann isch. Es absolut lächerlechs Grücht u sicher isch das nume us der Luft griffe u d Lüt rede ja viu, we der Tag läng isch. U drum sig er hie, wiu so nes Grücht sig öppis Läschtigs, grad imne Dorf, u so nes Grücht bringi me fasch nümm wäg, das sig ja ds Leide mit dene Grücht.

Chömet zur Sach, Herr Monbaron. Nom de Dieu, wi dir ume Brei umeredet!

Der Iseschmid het Pastis nachegschänkt.

Ja, wi gseit, Herr Iseschmid, we das, won ig ghört ha, nid stimmt, würd ig natürlech eigenhändig derfür sorge, dass das Grücht sofort verstummt, säubverständlech. Aber we das stimmt, dass d Stüürbehörde bi öich chischtewiis Ordner u öie Computer mitgno het, we das stimmt, heit der es Problem. U wes stimmt, dass dir öine Aagsteute im Wiihandu keni AHV-Biiträg zaut heit, heit der no nes Problem. U we das stimmt, dass öji Frou,

Kraft ihres Amtes als Gemeinderätin, gwüsst het, dass d Stüürbehörde bi öich e Kontroue wott düreüere u nech gwarnt het, sodass dir di heikle Dokumänt no gmüetlech heit chönne verruume, de heit nid nume dir, sondern de het o öji Frou es Problem. We das uschunnt, Herr Dokter Iseschmid, sit dir erlediget, verstöht der. Erlediget. U öji Frou o!

Am Iseschmid si Dogge het knuret.

Shakira, schwig! het der Iseschmid befole u isch itz doch zimlech nervös worde.

Dir gseht, Herr Iseschmid, i bi informiert. Da öppis wöue abzstrite wär völlig lächerlech, ganz lächerlech wär das. Bis itz isch das wi gseit numen es Grücht, won i unger Kontroue ha. Aber we das usegeit …

Wohär heit der das aues? het der Iseschmid bäuet.

Säge mers so: e sicheri Quelle. U der Monbaron het no chli pokeret: I cha nech sogar ds genaue Datum vor Stüürkontroue säge. U wenn, dass öich öji Frou aaglütet het. Isch aues lückelos dokumentiert.

Verdammt! Wär weiss das aues?

Bis itz nume der Informant un ig.

Der Informant? Höret doch uuf mit däm Agänte-Seich. Wär isch es?

Der Jean-Louis.

Was? Der Coiffeur?

Öji Frou het bim Jean-Louis ihres Muu haut nid im Griff. Dä massiert ere d Sätz nume so zum Gring uus.

Blibet aaständig, Herr Monbaron.

Ja, si wird sech woufüele unger sine Häng. Fasch wi daheime.

Herr Monbaron, i warne nech!

D Shakira het bäuet u der Monbaron het sech eige-
händig Pastis nachegschänkt. Der Iseschmid isch plötz-
lech bleich u schwär uf em Sofa zämegsackt, wi ne
Schneemaa im Früelig.

Aha, dir warnet mi, Herr Dokter. Dasch doch lächer-
lech das! I warne öich! I warne nech, we der nid uf mi
Vorschlag iigöht, wi mir das zäme chönnte regle.

Regle? Regle weit ders?

Säubverständlech, Herr Dokter. Mit em Monbaron
cha me rede.

Weit der Gäud, isch es das, wo der bruuchet?

Aber, Herr Dokter Iseschmid, wär redt da vo Gäud?
Dasch doch lächerlech so öppis! Nenei. Mir geits um
mini staatsbürgerlichi Pflicht, säge mers mau so.

Staatsbürgerlichi Pflicht. Chömet zur Sach, Herr
Monbaron.

D Sach isch eifach: Dir hautet öji Frou dervo ab, für
e Grossrat z kandidiere. De isch mini Widerwau gsi-
cheret un ig garantiere nech derfür, dass niemer irgend-
öppis vo öine chrumme Toure vernimmt.

Das chan i nid mache.

Herr Iseschmid, was dir gmacht heit, isch e hochre-
levante Tatbestand. Das wüsst dir aus Aawaut besser
weder ig. We das uschunnt!

D Karriere vo mir Frou zerstöre? Chöi mer das nid
angersch löse? Herr Monbaron, i ha nes Feriehuus im
Tessin mit emne wunderschöne Pool, e schön erläsene
Wiichäuer. Das stieng öich aues jederzit zur Verfüegig,
öich u öiere Frou.

Papperlapapp, Iseschmid! Feriehuus im Tessin. I
wott nid i nes Feriehuus. U scho gar nid i ds Tessin. I

wott i ds Rathuus. Uf Bärn. Un i meines verdammt ärnscht.

D Shakira het sech mittlerwile unger ds Sofa verzoge u der Monbaron vo ungerufe aagluegt. Am Iseschmid isch es eländ gsi. Är het Pastis nachegschüttet, da geit d Hustür u die zwe Manne ir Stube ghöre, wi d Frou Iseschmid rüeft:

Schatz! Der Monbaron isch ir Pfanne!

Si chunnt i d Stube ine, d Shakira ihre entgäge, si e verknitterete, dräckige Zedu ir Hang, streckt ne mit siigessicherem Blick i d Luft, wi we si grad der Cup-Pokau gwunne hätt, da gseht si der Monbaron. D Shakira luegt vor Iseschmid zum Monbaron u wider zrügg zur Iseschmid, die lat der Arm la gheie, luegt zu ihrem Maa u der Monbaron fragt, was das söu, u der Iseschmid seit: Ja, was söu das?

D Shakira knuret, d Frou Iseschmid nimmt es Glas us em Schaft u schänkt sech e Pastis ii.

Guet, het si gseit, nachdäm si ihre Pastis gexet het, we dir scho da sit, Herr Monbaron, wott i nid ume Brei umerede. Sit emne Jahr steuet dir jedi Wuche zwe Ghüderseck use, aber keni Gebühreseck, sondern di biuige. Dir bschiisset üsi Gmeindskasse jedi Wuche um füf Franke, was pro Jahr e Betrag vo zwöihundertsächzg Franke macht.

Dasch doch lächerlech so öppis. Wär bhouptet das? het der Monbaron gfragt.

Das bhouptet niemer, das chöi mir bewiise, wiu Mitarbeiter vom Bouamt i mim Uftrag di Seck ungersuecht u dert inn gnue Materiau gfunge hei, wo öich belaschtet. Das isch öie Ghüder, Herr Monbaron. Abstrite het überhoupt ke Zwäck. Ds Bewiismateriau isch im Wärchhof sichergsteut.

Aber, Frou Iseschmid, dasch doch lächerlech so öppis, das mues sech um nes Missverständnis handle. Ganz sicher het mini Putzfrou di fautsche Seck gchouft, i wirde se umgehend zur Rächeschaft zie u di zwöihundertsächzg Franke chan i öich säubverständlech grad zale. Mache mer doch grad drühundert u di Sach isch vergässe.

Der Monbaron het si Brieftäsche wöue fürenäh, da het d Frou Iseschmid gseit, es göng ere nid um di zwöihundertsächzg Franke. Es gäb da nö öppis angers, wo si mit ihm möcht bespräche. U si leit der dräckig Zedu uf e Tisch.

E Bankbeleg. Us öiem Ghüdersack. En Überwisig. Vor zwo Wuche bar am Schauter vor Spar- u Leihkasse Gäziwil iizaut uf nes Konto uf de Cayman Islands, wo uf öie Name lutet.

Der Monbaron het der Zedu i d Hang gno u het ne düregläse u no einisch düregläse, wi wen er ne no nie hätt gseh, u är het sech gfragt, werum er dä Beleg nid düre Wouf het gla.

Soublöd, Herr Monbaron, dass mer grad dä Sack ungersuecht hei. Kommissar Zuefau isch offebar am Wärch gsi, het d Frou Iseschmid gseit u d Shakira het der Monbaron aabäuet.

Der Iseschmid het der Zedu gno, düregläse u gseit: Läck du mir. E haubi Chischte!

Näht dä Hung ewägg! het der Monbaron gseit.

Shakira, Platz! het der Iseschmid gseit u zum Monbaron: Äs erstuuni ihn, dass är serigi Beträg chönn schwarz abzweige u gliichzitig ds Toupet heig, d Abfau-gebühre z spare. U me dörf ja aanäh, dass das nid di erschti Überwisig sig gsi uf sis Überseekonto.

Bi de Riiche lehrt me spare, heissts doch, het d Frou Iseschmid gseit. Aber e serige Betrag, sappermänt, spari me nid mit Ghüdersackgebühre zäme. Es würd se scho wungernäh, wohär di füfhunderttuusig Franke chömi.

Das chönn är ihre gärn verrate, het der Monbaron gseit. We si ihm sägi, wiviu Stüüre ihre Maa heig chön-ne hingerzie dank ihrne Beziehige zum Gmeindschri-ber. Was so nes Telefon doch nid aues chönn bewürke, we me aus Gmeindrätin erfahri, dass d Stüürbehörde im Aamarsch sig, u ihn nuhm wunger, was ihre Maa dank däm Telefon no aues heig chönne nachelifere oder la verschwinde.

D Frou Iseschmid het ihre Maa mit grossen Ouge aagluegt u dä het gseit, si heig ganz e schöni Frisur, öb si geschter bim Coiffeur sig gsi.

Da isch ar Frou Iseschmid ds Zwänzgi abe u si het gseit: Eis eis.

20. Kapitel

Ein Dorf weiss zu viel

Ð Marie-Claire het sech e Select aazündet u der Bärn-
hard, der Jean-Louis, der Schärer u der Liechti am
Runde u der Ramseier uf em Eggbänkli hei i ihri Gle-
ser gluegt u gschwige. Nachdäm der Schärer d Gschicht
vo de Ghüderseck u vom Monbaron verzeut het gha, het
der Jean-Louis gseit, we das itz scho duss sig, verzeu är
ihne grad no d Gschicht vor Stüürhingerziehig vom
Ehepaar Iseschmid. U är het kes Detail ussgla.

Aus zäme Vagante, het der Ramseier gseit.

Souhüng si das, het der Bärnhard gseit, fertigi Sou-
hüng!

Jawoll, het der Schärer gseit. U aus uf Chöschte vom
chliine Maa!

Der Liechti het gnickt.

I has gäng gseit, het der Jean-Louis gseit, Macht kor-
rumpiert.

Was söu itz das wider heisse? het der Bärnhard
gfragt.

Schwig, Bärnhard, het d Marie-Claire befole. Über-
lege mer gschider, was mer us dere Souerei chöi mache.
Mir wüsse über di Gängschter meh, aus ne chönnt lieb
si. Was mache mer itz mit däm, he? I wär derfür, dass
mer us dere Situation öppis mache! Da müesst doch
öppis useluege für üs!

Das sig de ne ganz e heisse Louf, we si sech mit Ise-
schmids und mit em Monbaron wöu aalege, het der
Jean-Louis gseit. Das sige zwöi grossi Nummero, auso

är wär da vorsichtig, är würd sech das guet überlege, u Iseschmids, das sige haut gueti Chunde. Är gäng Duurwäue, si gäng Tönig, u o der Herr Monbaron sig bi ihm, sit er sech mög bsinne. Aus Gwärbler läbi me haut vor Stammchundschaft, imne Dorf sowiso, wäm säg är das, u auso, är wüss nid rächt.

Der Ramseier het gseit, da chöm ihm grad di Gschicht z Sinn, wo si aus jungi Giele einisch heige der Presidänt vom Metzgermeischterverband i d Pfanne ghoue. Är sig denn no Lehrling gsi u heig sech gäng am Samschtig nach em Firabe mit de Lehrlinge us den angere Betribe im Brunnehof troffe, zwänzg Kilometer sige das vo hie, u är gäng nach der Büez mit em Velo dert use. U de heig me de nid öppen am sibni Firabe gha, sondern we d Büez sig gmacht gsi, das heig mängisch guet zäni chönne wärde, aber egau, är sig gäng mit em Velo no i Brunnehof, u ds Gäud heig meischtens nid für meh aus drei Fläsche Bier glängt, aber luschtig heige sis gliich gäng gha zäme.

D Chefe sige im Säli ghocket u di eifachen Aagsteute ir Gaschtstube. D Chefe sige gäng scho ab de füfe dert ghocket, u wen är sig cho, sige die aui scho chatzhaguvou gsi. U der Grossebacher, der Presidänt vom Metzgermeischterverband, heig auben am meischte plagiert u ne grossi Röhre gfüert. Dä heig se gäng ufgregt, u meinsch, dä hätt ihne einisch es Bier zaut? Vergiss es. Aber gfrässe heige di Herre im Säli wi d Fürschte. Bluet- u Läberwürscht, Cordon bleu u Schwiinsbrate. Item, bi ihm heig ds Gäud nie glängt für öppis z ässe. U der Grossebacher heig sech zu auem häre no dür au Böde düre gwehrt gäge ne Vertrag, wo d Arbeitszite für di Aagsteute greglet hätt. En Usnützerei isch das gsi, das cha me sech hütt gar nümm vorsteue. Vor der Tür vom Brunnehof isch am Grossebacher sis Outo gstange u einisch amne Samschtigaabe, won i so richtig uf der Schnure bi gsi u ersch am Viertu ab eufi mit mim Velo, e schwäre Cheib isch das gsi, mit Rücktritt u eim Gang, im Brunnehof bi aacho, bin i grad am Grossebacher i d Finger gloffe.

Sälü, Ramseier, het er gseit, hesch di fuu Arsch o no da häre bewegt? Dasch es schöns Läbe, we me nach em Nüttue no cha ga biere. So wett is o ha, gäu!

I ha bis am Viertu ab zäni no gwurschtet, han i gseit, u bi itz grad mit em Velo aacho u nes Bier han i äuä grad so verdient wi dir, Herr Presidänt.

Das het ne natürlich grad hässig gmacht, dä Ton. U dass i nem nie der Name ha ggä, sondern gäng nume *Herr Presidänt* ha gseit, het em o gar nid passt. Är isch scho zimlech käppelet gsi u het gseit:

Bürschteli, chumm mer nid fräch! Süsch redi de mau es Wörtli mit dim Chef.

I ha nüt meh gseit, bi zu den angere Lehrlinge ghocket u die hei sofort wöue wüsse, was i mit em Grossebacher gschnuret heig, un ig aues verzeut u die gseit, däm müesst men eifach einisch eis uf ds Dach gä, däm arrogante Hung. Richtig uf der Latte hei mer dä gha u der Hangartner Pole, wo scho zimlech eine uf der Gitare het gha, het gseit, verwurschte sött me ne. Dür e Fleischwouf u i ne Darm. Churz vor Beizeschluss si mer use u um ds Outo vom Grossebacher gstange u der Pole, wo ganz ir Nööchi gschaffet het, het gseit: Ihn tüechis, i däm Outo fähli no d Passagier. Mir si zu sir Metzgerei, hei zwe früsch gschlachteti Chaubsgringe ghout u sen am Grossebacher uf e Rücksitz gleit. Hei üs de hinger em Egge vom Brunnehof versteckt, u wo der Grossebacher zur Beiz uus isch cho, het er nümm chönne grad loufe. Är isch i ds Outo gstige u het der Motor aagla, da rüeft der Pole:

Herr Presidänt, dir heit de zwöi hübschi Frölein hinger inn!

Der Grossebacher luegt hingere, gseht di Chaubsgringe, steit vor Chlupf uf ds Gaspedau u fahrt vouhane i nächscht Boum ine.

Potzheilanddonner, het dä ta! Aber da si mir scho uf em Velo u furt gsi. Är het nie chönne bewiise, dass mir das si gsi, aber gwüsst het ers natürlech scho. Di ganzi Stadt het über das glachet. Vo denn aa het dä mi nie meh aagfielet im Brunnehof. Nume no knapp grüesst het er mi, aber süsch i Rue gla.

Chumm, verzeu ke Seich, Ramseier, het d Marie-Claire gseit u het em es Chübeli häregsteut. Der Bärnhard het no nes Crème bsteut u d Marie-Claire het hinger em Buffet e Select aazündet. Säg mer itz lieber, was mer mit dene drüne mache. Da mues doch öppis useluege für üs. We vo däm Stutz chli öppis zu üs würd fliesse, chönnt i privatisiere.

Wär de ds *Les Amis* würd witerfüere, het der Bärnhard gfragt.

Einisch uf di Kanarische, het d Marie-Claire gseit. Steu der vor!

U mir si dir gliich? het der Schärer gfragt. Wi steusch der das vor, das Dorf ohni *Les Amis*?

Einisch isch gliich Schluss, Schärer. Un i ha nid vor,

öich öies Bier z serviere, bis i tot bi. Itz hätte mers ir
Hang! Einisch chli Gäud ha, sech einisch öppis chönne
leischte. Es Reisli. Ds *Les Amis* zuetue u tschüss zäme
u wär weiss, öb ig überhoupt wider umechiem. Ab uf
Chlote, erschti Klass u i Flüger u chli Whisky suufe, das
machi me doch im Flüger, Whisky suufe u ds Menü näh.
Steu der vor, Fänschterplatz, d Aupe vo obe u Spanie u
ds Meer u plötzlech di Kanarische. Vierstärnhotel, Pool
u nes Zimmer mit Ussicht uf ds Meer, mit Minibar u
Fernseh u nes Baukönli. Am Aabe am Sunnenunger-
gang zueluege u eini aazünde uf em Baukönli uf de
Kanarische. U Buffet. Buffet ohne Ende. U am Morgen
ufstah u nüt z tüe ha. Ke Tür ufbschliesse, kes Bierfass
wächsle, kes Menü aaschribe, ke Tisch putze. Nüt
müesse, nüt wöue, nüt mache, eifach nüt. Chasch der
das vorsteue?

U när? het der Ramseier gfragt.

Nüt när. Äbe nüt.

Einisch geit der de ds Gäud uus, het der Ramseier
gseit. Ihm sig das denn genau so ggange, won är im
füfenachtzgi uf Spanie ache sig. Heig ir Migros-Club-
schueu es paar Spanischlektione gno u när ab mit em
Kadett uf Andalusie.

Super sig das gsi dert. O ds Ässe. Chorizo zum
Bispiu. Migottseu es tipptopps Würschtli sig das. Ja, di
cheibe Spanier chöi öppis. Oder der Wii: We d öppis z
ässe bsteusch, steue si der e Gutter Rote uf e Tisch. Isch
im Priis inbegriffe. A discrétion. So wi ir Schwiz ds
Brot. Der Rotwii ghört dert zu de Grundnahrigsmittu.
Das sig e Frag vor Kultur.

Der Bärnhard het gseit, werum nid, dene Souhüng

einisch a ds Bei bisle wär ke Seich. U derbii no öppis verdiene, auso, es schlächts Gwüsse hätt är nid derbii.

Öb me sech da nid strafbar miech, het der Jean-Louis gfragt, aber d Marie-Claire het abgwunke u gseit, das wärdi nie uscho, u was niemer wüss, sig o nid strafbar. Iseschmids u der Monbaron wäre säuber blöd, we si zur Polizei gienge. Nenei, die wüsse genau, dass si mit sövu viu Dräck am Stäcke gliferet si.

Die chöi froh si, we mir se nid aazeige, jawoll, het der Schärer gseit u het gfragt, was de da öppe würd useluege für jede.

Itz hei aui zur Marie-Claire gluegt, der Bärnhard, der Schärer, der Liechti u der Jean-Louis.

I würd vorschla, insgsamt e haubi Chischte, das gub jedem hunderttuusig.

Der Jean-Louis het gseit, es wär würklech schad, da nid zuezgrife, u der Schärer het gseit, ds Gäud ligi uf der Strass, me müessis nume ufläse. Der Bärnhard het gseit, de wär me sech auso einig, u der Liechti het mit offenem Muu gnickt.

U was isch mit dir, Ramseier? Chutzelet di sövu viu Münz nid o? het d Marie-Claire gfragt.

Dä het i sis Chübeli gluegt u gseit: Vergässets. Serige Seich. Dir landet no aui ir Chischte. U ig o, wiu i gwüsst ha dervo. We der das machet, zeig i nech eigehändig aa. Au zäme. Dasch eis, wo sicher isch.

So so, aazeige wosch üs? het d Marie-Claire giftet u isch näb em Ramseier abghocket. Ds erschte Mau, sit si im *Les Amis* wirtet, u das si gueti füfzg Jahr, isch si ir Gaschtstube abghocket.

Heit der ghört, het si gseit, u im *Les Amis* isch es itz

ganz stiu worde. Aazeige wott er üs. Ma üs chli Pulver nid gönne, der Herr. Wett lieber z Gäziwil versuure u mit sim letschte Füfliber im *Les Amis* es Chübeli bsteue. Mach das, Ramseier! Mach das. Aber häb di stiu u la üs o la mache.

Der Bärnhard het si Stueu zum Ramseier härezoge u gseit: Ramseier, we de nid wosch mitmache, à la bonne heure. Aber Steine i Wäg lege muesch üs nid. Mir zie das düre, het er zu den angere gmacht, o ohni Ramseier, oder?

Si hei gnickt u zum Ramseier gluegt u der Schärer het gseit: Mir zie das ou ohni di düre. U du weisch vo nüt, jawoll.

Der Ramseier het vo sim Bier ufgluegt u gseit: Au zäme zeig i nech aa. Da chöit dir Gift druf näh. Chume nech de uf em Thorbärg cho bsueche. De tät i de zale, Marie-Claire.

D Marie-Claire het iikassiert u der Ramseier isch gruesslos zur Tür uus. Si het sech hinger em Buffet e Select aazündet u gseit: Firabe.

Was Firabe, het der Schärer gseit. Es isch ersch haubi achti, da isch itz äuä scho Firabe. Itz näh mer no ne Bächer.

Aber d Marie-Claire isch scho mit em offene Porte-monnaie dagstange. Si hei zaut u bim Usega het der Bärnhard gseit: De zeuts auso.

D Marie-Claire het abbschlosse, ds Heute-Ruhetag-Schiud a d Tür ghänkt, ds Telefonbuech ufgschlage u d Nummere vo Iseschmids gwäut.

Samstag, 10. Februar

21. Kapitel

Shakira mischt sich ein

Am angere Morge am nüüni isch d Marie-Claire scho wider im *Les Amis* gstange, het d Tische abputzt u d Ménages häregsteut. Us em Lutsprächer isch der Wätterbricht vom Lokauradio cho. D Marie-Claire het sech hinger em Buffet e Select aazündet u nachedänkt. Was si geschter aabe gmacht het, isch ere nümm ganz ghüür gsi. Bi Iseschmids iifahre u dene tätsch a Gring säge, was si aues weiss. Ds Aagebot, wo si dene Herrschafte de gmacht het, sig nid uverschämt gsi, das nid, nei, het si dänkt. Aagmässe sigs gsi. Di haubi Million müess si schliesslech mit vier angerne teile. Aber es komischs Gfüeu im Buuch heig si gliich gha. Heig ke Ahnig gha, wi die druf reagiere. Aber we si gwüsst hätt, wi schnäu di zwöi iiverstange si, hätt si sech gliich überleit, e ganzi Million z verlange. Aber item. Mit hunderttuusig chönn si sechs uf de Kanarische mängs Jahr la guetga. Choschtet ja aues drümau nüt dert unge. U wär weiss, het si dänkt, vilech tüeg si sogar es Beizli uuf oder es Pensiönli. U der Bärnhard chönnt se de cho bsueche u me chönnt zäme es Haubeli Wiisse näh. Wi aube.

D Marie-Claire het ds Türschiud abghänkt: Ds *Les Amis* isch offe gsi. D Tür isch ufggange u d Frou Iseschmid isch mit ihrer Dogge inecho. Si isch zhingerscht a nes Tischli ghocket u het es Tee Crème bsteut. D

Marie-Claire het ds Tee bracht u zum zwöite Mau, sit si im *Les Amis* gwirtet het, isch si zumne Gascht zuecheghocket.

Es göng um d Gäudübergab, het d Frou Iseschmid gseit. Dir heit ja gseit, dir wöuet aues i Hunderternötli, das git de fei echli es Köferli vou. Aber itz si mer scho bi de Details, het d Frou Iseschmid glachet, u d Marie-Claire het gfragt, was es da z lache gäb.

Es sig da äbe no öppis, het d Frou Iseschmid gseit. Wi söu si itz das äch säge – es sig da no öppis unplanmässig gloffe. Ruhig, Shakira! het si zu ihrer Dogge gseit, wo unger em Tisch isch gläge u plötzlech het aafa knure.

Äbe wi gseit, unplanmässig, Marie-Claire. Dir wüsst ja, dass ig am Aabe spät gäng no mit der Shakira ga ga loufe, u geschter znacht, fraget mi nid werum, han i dänkt, geisch wider einisch chli der Strass nah Richtig Chonufinge. U plötzlech fat d Shakira aa bäue u ar Line zie un ig ihre nache u da stöh mer uf ds Mau näb ere Liiche im Strassegrabe, u we mi nid aues tüüscht, isch das der aut Ramseier gsi, aber wäm verzeu i das! D Shakira het umegschnüfflet u sofort Fährte ufgno. Dir wüsst ja, dass si mau aus Suechhung isch usbiudet worde, un i säge nech, so ne Dogge het es Näsli, dir, da si mir Mönsche blind dergäge, gruchsblind, win i gäng säge.

U wi ds Läbe so spiut, isch d Shakira schnuerstracks uf ds *Les Amis* zue, Gring am Bode, gäng der Spur nache, im *Les Amis* zum Hingeriigang ii, dür ds Stägehuus uuf u het vor öiere Wonig Lut ggä. Vor öiere Wonig, Marie-Claire. I ha se sofort gschweigget, ha nech ja nid wöue wecke. Ha dänkt, das heig hütt o no Zit. Voilà. De wärs itz eis eis.

So so, het d Marie-Claire gmacht, eis eis. Isch ufgstange, het sech e dopplete Kirsch iigschänkt u isch wider zur Frou Iseschmid ghocket. Eis eis, het si no einisch gseit u gfragt: U itz? Isch i däm Fau nüt mit dere haube Chischte?

Marie-Claire, chan i nech öppis im Vertroue säge. Mis Problem isch nid ds Gäud. Mis Problem isch der Grossrat Monbaron. Mit däm cha me sech eifach nid einige. E stuure Gring isch das. Versteit nid, dass si Zit aus Politiker abgloffen isch. Itz chunnt e nöji Generation. U vor auem chöme itz d Froue, Marie-Claire. Aber dä aut ufblasnig Egoman gseht nüt aus sich, sich u no einisch sich. U lobbiert itz bir Parteileitig, nüt Schöners. U derzue probiert er no mi u mi Maa schlächtzmache. I befürchte eifach, dass d Partei plötzlech umschwänkt u der Monbaron statt mi uf d Wahlliischte tuet. U de chunnt mini nächschti Chance ersch wider i vier Jahr. U wär weiss, was i vier Jahr isch? Mini Zit isch hütt riif für dä Karrieresprung, verstöht der? Itz! U das lan i mer vo däm aute Madesack nid la vermiise! Unger kene Umstäng! Der Monbaron mues wägg, verstöht der, was i meine, Marie-Claire? Wägg!

So? U was het das mit mir z tüe? Dir weit doch nid öppe …

Marie-Claire, dir heit zeigt, was dir chöit. Suberi Büez. U wär e Ramseier cha erlege, cha o ne Monbaron zur Strecki bringe. U sobaud das erlediget isch, steit öies Gäud hinger em Buffet. Luter bruuchti Hunderter imne Köferli, wi abgmacht. Auso de. I zeuen uf öich. Uf

Widerluege, Marie-Claire. Chumm, Shakira, chumm!
D Frou Iseschmid het vier füfzg für ds Tee Crème uf e
Tisch gleit u isch ggange.

Putain de merde, het d Marie-Claire liislig vor sech
häre gseit u säuber nid gwüsst, werum si itz Wäutsch
redt. Was würd äch itz der Ramseier derzue säge? Säu-
ber tschuld, Marie-Claire, das würd er säge, genau.
Serige Seich aafa. I dim Auter. Itz bisch in des Teufels
Küche glandet, het si dänkt u sech gfragt, werums äch
bim Tüüfu grad ir Chuchi bsungers schlimm sig. Der
Ramseier z erledige isch e Chliinikeit gsi. Het jeden
Aabe der gliich Spaziergang gmacht u uf der Strass gäg
Chonufinge hets um die Zit ke Verchehr meh. U loufe
het er o nümm schnäu chönne u ghört het er sowiso
nümm guet. Aber der Monbaron. Dä isch no rüschtig.
U zwänzg Jahr jünger. Dä chasch nid einfach ir Dun-
kuheit überrasche. Dä muesch angersch näh. Aber wie?
D Marie-Claire het d Tür bschlosse, ds Heute-Ruhetag-
Schiud draghänkt, es Nastuech u nes Plastiggseckli
iipackt u isch gäg Chonufinge gloffe.

22. Kapitel

Marie-Claire schenkt Härdöpfeler aus

D Marie-Claire het ihres Beizli ufbschlosse, ds Schiud abgno u isch hinger ds Buffet ga abwäsche. Der Bärnhard isch inecho, het e Härdöpfeler bsteut u no grad eine u het ar Marie-Claire verzeut, är heig der Ramseier im Strassegrabe Richtig Chonufinge gfunge. S gsäch uus, aus öb ne öpper umbracht heig.

D Marie-Claire het mit de Schultere zuckt u gseit:

So geits eim äbe. S het so müesse cho. Der Ramseier isch säuber tschuld. Het das usegforderet. Voilà.

Si het e nöji Select aazündet.

U itz lüte mer ar Tschuggerei aa. Bevor d Madli am Ramseier d Ouge vo inne här uffrässe.

We d itz d Polizei lasch la cho, gits es Riisetheater, Marie-Claire! U mindeschtens eine vo üsem Dorf wird der Thorbärg vo inne gseh. Da chasch Gift druf näh. Es wär doch viu gschider, me würd ne i ds Outo lade u ne im Räbloch nöime versänke. Dört fingt ne ke Mönsch. U vermisse tuet der Ramseier niemer.

Hör uuf, Bärnhard. Mit somne Seich mache mer üs nume d Finger dräckig. Du weisch genau, dass mer aui tschuld si a däm. O du. Wär dass schlussamänd am Ramseier dä Stei uf e Gring gschlage het, spiut itz ke Roue meh. Öpper hets eifach müesse mache. U drum wird gschwige. Da cha d Tschuggerei no so frage. Die cha üs nüt. Gar nüt cha üs die. U itz lüt aa!

Ein Jahr später

23. Kapitel

Auf den Kanarischen ist immer ein Bett frei

D Marie-Claire zündet sech e Select aa u luegt vo ihrem Baukönli uf de Kanarische i Sunneungergang u wäut am Bärnhard si Nummere.

Mou, es gfieu ere guet hie, seit si, u Gäud bruuch si sozsäge kes. Mit dene Hunderttuusig chönn si hie unge mindeschtens hundertzwänzgi wärde, ohni z schaffe. U öb der Monbaron gäng no ir Chischte sig.

Momou, seit der Bärnhard. Ds Nastuech, wo me i sim Chittu heig gfunge, heig eidütig Bluet vom Ramseier drann gha, das heig der DNA-Tescht bewise. U är sig ja de zu achtzäh Jahr Thorbärg verurteilt worde. U d Frou Iseschmid sig im Herbscht i Grossrat gwäut worde. I ihrem erschte Vorstoss, wo si gmacht heig, sigs um Stüürerliechterige für Ungernämer ggange. U ihre Maa heig d Aawautskanzlei ufggä u machi itz nume no mit Wii. U der Schärer u der Liechti heige beidzäme müesse der Huet näh. Sigen es Dorf witerzoge.

Wär dass eigentlech zum Grab vom Ramseier luegi, wott d Marie-Claire wüsse, dä heig ja niemer meh gha.

Das machi är, seit der Bärnhard. Sig itz grad iigschneit, aber im Früelig göngs de wider los mit Stifmüeterli. U är sig itz Partner vom Iseschmid. Steu der vor, Marie-Claire, ig Partner vom Dokter Iseschmid. Wahnsinnig, gäu! Marie-Claire, was meinsch?

Häb der Sorg, Bärnhard. U chumm mi cho bsueche, wes der z chaut wird z Gäziwil. Du weisch, hie isch gäng es Bett frei.